吴朝阳 / 编著

古代数学诗词108首

Gudai Shuxue Shici 108 Shou

世界知识出版社

图书在版编目（CIP）数据

古代数学诗词108首/吴朝阳编著.—北京：世界知识出版社，2025.3
ISBN 978-7-5012-6473-5

Ⅰ.①古… Ⅱ.①吴… Ⅲ.①古典诗歌–诗集–中国②古典数学–中国–普及读物 Ⅳ.①I222②O112-49

中国版本图书馆CIP数据核字（2021）第262170号

书　　名	古代数学诗词108首
	Gudai Shuxue Shici 108 Shou
著　　者	吴朝阳
策　　划	张兆晋　席亚兵
责任编辑	薛　乾
责任校对	陈可望
责任印制	李　斌
封面绘图	陈　修
封面设计	赵　玥
出版发行	世界知识出版社
网　　址	http://www.ishizhi.cn
地址邮编	北京市东城区干面胡同51号（100010）
电　　话	010-65233645（市场部）
经　　销	新华书店
印　　刷	北京盛通印刷股份有限公司
开本印张	787毫米×1092毫米　1/16　14¾印张
字　　数	180千字
版　　次	2025年3月第1版　2025年3月第1次印刷
标准书号	ISBN 978-7-5012-6473-5
定　　价	35.00元

版权所有　侵权必究

编者的话

众所周知，唐诗和宋词是我国珍贵的文化遗产。有意思的是，我国古代数学著作中有很多诗词形式的数学题。作为古代数学与传统诗词的结合，它们显然是传承我国传统文化一个相当特别而有趣的切入点，世界知识出版社的席亚兵先生首先注意到这一点，并命我编写一部关于数学诗词的著作。

明朝程大位（公元 1533—1606 年）所著的《新编直指算法统宗》是一部流传极为广泛的古代数学著作，这部著作的第 13—16 卷都是诗词形式的数学题。虽然这些诗词中有很多抄自前人的著作，但程大位的这部著作影响极大，收录的诗词算题很多，因此我们决定以这 4 卷中的所有算题作为本书的基础。

在介绍和讲解我国古代的数学算题之外，传播文史知识同样是本书的重要目标，因此，我们在每个算题的最后设置"文史点滴"栏目，专门介绍关于古典诗词的基本知识、古代度量衡概况以及与算题相关的文史知识。简言之，本书集古代数学问题、诗词基本知识、文史百科知识于一体。循序渐进地阅读本书，读者不仅可以了解我国古代数学的概貌，还可以读到大量相关的文史知识。

道教是我国的本土宗教，在道教的学说中，有所谓 36 "天罡"与 72 "地煞"的说法。在明代著名通俗小说《水浒传》和《封神演义》中，36 天罡与 72 地煞一起，分别对应着梁山泊的 108 条好汉和封神榜的 108 尊神祇，可见在我国传统文化中，108 是一个具有特别意义的数字。正因此，尽管本书的算题总共有 109 道，我们还是决定将本书命名为《古代数学诗词 108 首》。

吴朝阳
2021 年 2 月 10 日于南京大学

目 录

001　广斜相并歌 / 001

002　极细长方歌 / 003

003　环田求径歌 / 005

004　凤栖梧·环田 / 007

005　双捣练·田有篱 / 009

006　竿上安箍歌 / 011

007　长阔和较歌 / 013

008　直田较除歌 / 015

009　哑子买肉歌 / 017

010　老人问甲歌 / 019

011　西江月·油和面 / 021

012　梅气清·麦换粟 / 023

013　西江月·一处销镕 / 025

014　醨醇醉客歌 / 027

015　水仙子·白银贩参 / 029

016　丝绸问价歌 / 031

017　黄金成色歌／033

018　纹银倾色歌／035

019　油盐同船歌／037

020　铺金问积歌／039

021　西江月·脚钱折米／041

022　西江月·分棉花／043

023　张李分布歌／045

024　诵课增倍歌／047

025　行程减等歌／049

026　浮屠增级歌／051

027　鹧鸪天·三等赔偿／053

028　五等分金歌／055

029　八子分绵歌／057

030　九儿问甲歌／059

031　依等算钞歌／061

032　竹筒容米歌／063

033　四六分银歌／065

034　二八分银歌／067

035　八折分丝歌／069

036　互和折半歌／071

037　西江月·剪羊毛／073

目录

- 038 二果问价歌 / 075
- 039 均舟载盐歌 / 077
- 040 增钱剥浅歌 / 079
- 041 笔套取齐歌 / 081
- 042 金球问积歌 / 083
- 043 西江月·元宵灯 / 085
- 044 以碗知僧歌 / 087
- 045 河边洗碗歌 / 089
- 046 书生分卷歌 / 091
- 047 僧分馒头歌 / 093
- 048 官军分布歌 / 095
- 049 千文买鸡歌 / 097
- 050 水仙子·观灯 / 099
- 051 直田长阔歌 / 101
- 052 西江月·方中有圆 / 103
- 053 西江月·圆中有方 / 105
- 054 西江月·方中又有圆 / 107
- 055 西江月·河穿圆田 / 109
- 056 截卖梯田歌 / 111
- 057 弓田弦矢歌 / 113
- 058 梭田长阔歌 / 115

059　船缸均载歌 / 117

060　船粮均载歌 / 119

061　驻马听·金球求径 / 121

062　西江月·茔墙 / 123

063　系羊问索歌 / 125

064　西江月·酒坛垛 / 127

065　红桃堆垛歌 / 129

066　穿渠雇工歌 / 131

067　西江月·回娘家 / 133

068　工价几何歌 / 135

069　粒米求程歌 / 137

070　排鱼求数歌 / 139

071　推车问里歌 / 141

072　西江月·迟疾求平 / 143

073　行程问日歌 / 145

074　苏武留胡歌 / 147

075　市场税布歌 / 149

076　鹧鸪天·龟鳖同池 / 151

077　西江月·数羊 / 153

078　凤栖梧·凑百羊 / 155

079　七马轮骑歌 / 157

目　录

080　口粮几何歌 / 159

081　诸葛将兵歌 / 161

082　以索量竿歌 / 163

083　听客分银歌 / 165

084　浪淘沙·牧童分瓜 / 167

085　李家房客歌 / 169

086　西江月·分瓜不平 / 171

087　牧童分杏歌 / 173

088　粮长犒夫歌 / 175

089　居或有竹歌 / 177

090　隔墙分绫歌 / 179

091　逢朋添酒歌 / 181

092　沽酒探亲歌 / 183

093　西江月·逢人添酒 / 185

094　催还本利歌 / 187

095　鹧鸪天·百兔纵横 / 189

096　绢布问价歌 / 191

097　西江月·笔砚价格 / 193

098　西江月·钗钏分两 / 195

099　西江月·二人沽酒 / 197

100　西江月·索长几许 / 199

101　长葛绕木歌／201

102　西江月·放风筝／203

103　深水钓鱼歌／205

104　西江月·坡田筑墙／207

105　勾股求径歌／209

106　勾股容方歌／211

107　西江月·秋千／213

108　西江月·蒲长水深／215

109　西江月·门广竿长／217

附录1　一元二次方程的求根公式／219

附录2　带纵较开平方法／221

附录3　古代度量衡简表／223

001

广斜相并歌

昨日丈量土地回，记得长步整三十。
广斜相并五十步，不知几亩及分厘。

题意解释

有1块长方形耕地，它的长为30步，它的宽和对角线之和等于50步，问长方形的面积是多少亩？

古人解法

以宽和对角线之和50步平方，得 $50^2 = 2500$；以长30步平方，得 $30^2 = 900$。两数相减，得 $2500 - 900 = 1600$。折半，得数为 $1600 \div 2 = 800$。除以宽和对角线之和50步，得到长方形的宽为 $800 \div 50 = 16$ 步。长方形面积等于长乘以宽，所以其面积为 $30 \times 16 = 480$ 平方步。

由于1亩等于240平方步，$480 \div 240 = 2$，所以本题的答案是2亩。

现代解法

设长方形的宽为 x，则对角线的长度就是 $50 - x$。长方形的长、宽、对角线构成1个直角三角形，根据勾股定理，我们得到

$$x^2 + 30^2 = (50 - x)^2,$$

即

$$x^2 + 30^2 = 50^2 - 2 \times 50 \times x + x^2,$$
$$100x = 50^2 - 30^2 = 1600。$$

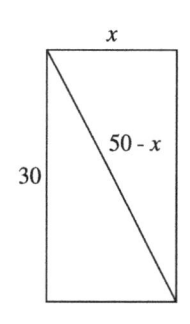

所以，
$$x = 1600 \div 100 = 16。$$
长方形面积等于长乘以宽，所以其值为
$$30 \times 16 = 480 \text{ 平方步}。$$
1亩等于240平方步，因此本题的答案为 $480 \div 240 = 2$ 亩。

文史点滴 步·亩

古人在丈量田地时，通常以步为长度单位，亩为面积单位。最初的1亩等于100平方步，战国中期，秦国改变亩的大小，规定1亩等于240平方步。这个规定随着秦统一全国而全面推行，并一直沿用到民国时代。

秦国规定1步等于6尺，这个规定也沿用了1000多年。但是，秦朝的1尺只有大约23.1厘米，而后代的尺越来越长，唐朝的1尺已经增加到大约30.6厘米。因此，从唐朝开始，1步被定为5尺，但1亩仍然规定为240平方步。

我国现代仍然以亩为田地的面积单位，与古代不同的是，现代亩的大小是根据公制来确定的，具体的规定是：1万平方米等于15亩，也就是说，现代的1亩约等于667平方米。

002
极细长方歌

三十八万四千步，正长端的无差误。
六丝二忽五微阔，不知共该多少亩。

题意解释

1个长方形非常长又非常窄，它长达 384000 步，宽仅为 0.0000625 尺，问它的面积等于多少亩？

古人解法

1步等于5尺，所以，长方形的宽等于 0.0000625 ÷ 5 = 0.0000125 步，面积等于 384000 × 0.0000125 = 4.8 平方步。1亩等于240平方步，所以答案为 4.8 ÷ 240 = 0.02 亩。

现代解法

这个题非常简单，现代解法与古人没有什么不同。

文史点滴 丝·忽·微

古人通常只考虑实用，起初他们规定1尺等于10寸，1寸等于10分，1分等于10厘，后来又追加规定1厘等于10毫，这在实用意义上已经完全足够了。但是，后世的学者为精确计算的需要，在毫之下又引入丝、忽、微、纤、沙、尘、埃、渺、漠、模糊、逡巡、须臾、瞬息、弹指、刹那、六德、虚空、清静等单位，它们的关系是依次"十退位"，即前1个等于后1个的10倍。其中，前10个的关系如下：

$\underline{1}$ = 10 分 = 100 厘 = 10^3 毫 = 10^4 丝 = 10^5 忽

$= 10^6$ 微 $= 10^7$ 纤 $= 10^8$ 沙 $= 10^9$ 尘 $= 10^{10}$ 埃

1 分 $= 10$ 厘 $= 100$ 毫 $= 10^3$ 丝 $= 10^4$ 忽 $= 10^5$ 微
$= 10^6$ 纤 $= 10^7$ 沙 $= 10^8$ 尘 $= 10^9$ 埃

1 厘 $= 10$ 毫 $= 100$ 丝 $= 10^3$ 忽 $= 10^4$ 微 $= 10^5$ 纤
$= 10^6$ 沙 $= 10^7$ 尘 $= 10^8$ 埃

1 毫 $= 10$ 丝 $= 100$ 忽 $= 10^3$ 微 $= 10^4$ 纤 $= 10^5$ 沙
$= 10^6$ 尘 $= 10^7$ 埃

1 丝 $= 10$ 忽 $= 100$ 微 $= 10^3$ 纤 $= 10^4$ 沙 $= 10^5$ 尘
$= 10^6$ 埃

1 忽 $= 10$ 微 $= 100$ 纤 $= 10^3$ 沙 $= 10^4$ 尘 $= 10^5$ 埃

1 微 $= 10$ 纤 $= 100$ 沙 $= 10^3$ 尘 $= 10^4$ 埃

1 纤 $= 10$ 沙 $= 100$ 尘 $= 10^3$ 埃

1 沙 $= 10$ 尘 $= 100$ 埃

1 尘 $= 10$ 埃

应该指出的是，我国与印度的交流在汉朝以后大为增多，我国传统文化也因此受到古印度文化很大的影响。事实上，后世这些极为微小的单位很多都来自印度文化，例如，弹指和刹那就译自梵语 acchaṭika 和 kṣaṇa。

003

环田求径歌

一段环田径不知，二周相并最幽微。
皆知一亩无零积，一百六十不差池。
三般可以见端的，只要贤家仔细推。

题意解释

有 1 块圆环形田地，已知其内、外圆周长度之和等于 160 步，面积恰好等于 1 亩，求圆环的"半径"（指内、外圆周半径之差），以及内、外圆周的长度。

古人解法

首先，圆环的面积等于 240 平方步。将内、外圆周长度之和折半，得数为 160 ÷ 2 = 80 步，以圆环面积 240 平方步除以这个数，得到圆环的"半径"为 240 ÷ 80 = 3 步。80 步减去 3 乘以 3，得到内圆周长为 80 - 3 × 3 = 71 步。与内、外圆周长之和 160 步相减，得到外圆周长为 160 - 71 = 89 步。

现代解法

设圆环外周的半径为 R 步，内周半径为 r 步，则已知条件是：

$\pi R^2 - \pi r^2 = 240$，

$2\pi R + 2\pi r = 160$。

问题所要求的是圆环"半径" $R - r$，内周长 $2\pi r$，以及外周长 $2\pi R$。

有一个公式叫作"平方差公式"，它告诉我们：

$$R^2 - r^2 = (R + r)(R - r)。$$

因此，上述已知条件可以写成

$\pi(R + r)(R - r) = 240$,

$2\pi(R + r) = 160$。

两个等式相除，得到：

$$\frac{R - r}{2} = \frac{240}{160} = 1.5。$$

因此，圆环的"半径" $R - r = 2 \times 1.5 = 3$ 步。

从上式我们得到：

$R = r + 3$,

将它代入等式 $2\pi(R + r) = 160$，我们立即得到

$2\pi(2r + 3) = 160$,

$2\pi r = 80 - 3\pi$。

于是，

$2\pi R = 80 + 3\pi$,

这两个数值就是内圆周和外圆周的长度。如果取 $\pi \approx 3.14$，则它们分别约等于 70.58 尺和 89.42 尺。

由于古人丈量土地时不要求很精确，他们经常取 $\pi \approx 3$，所以他们得到的内、外周长的答案是 71 步和 89 步。

文史点滴 圆周率

5000 多年前的古埃及人就已经知道，无论半径或直径等于多少，圆的周长与直径的比值都是 1 个固定的数，这就是我们所说的圆周率。古人在不需要太精确的计算中，总是取 $\pi \approx 3$，这就是古人所说的"径一周三"。

后来，古人想要更精确的圆周率近似值，于是就用"割圆术"进行计算。使用这种算法最成功的人是古希腊的阿基米德、三国时期的刘徽，以及南北朝时期的祖冲之。其中，祖冲之将圆周率计算到小数点后 7 位，得到

$$3.1415926 < \pi < 3.1415927$$

这一极为惊人的高精度结果。

004

凤栖梧·环田

一段环田余久虑，众说分明，亦有谁人悟。忘了二周并径步，人道二周不及为零处。

七十有余单二步，三事通知，答曰分明住。五亩二分无零数，玄机奥妙堪思慕。

题意解释

有 1 块圆环形田地，已知它的内、外圆周长度之差等于 72 步，面积等于 5.2 亩，求圆环的"半径"（即内、外圆周半径之差），以及内、外圆周的长度。

古人解法

首先，1 亩等于 240 平方步，所以这块圆环形田地的面积等于 $5.2 \times 240 = 1248$ 平方步。加倍，得到 $1248 \times 2 = 2496$ 平方步。将内、外圆周长之差 72 步除以 6，得到圆环的"半径"为 $72 \div 6 = 12$ 步。将 2496 除以圆环的"半径"，得到 $2496 \div 12 = 208$ 步；减去内、外圆周长之差 72 步，得数为 $208 - 72 = 136$ 步；将这个得数折半，得到圆环内圆周的周长为 $136 \div 2 = 68$ 步。加上差值 72 步，得到圆环外圆周的周长为 $68 + 72 = 140$ 步。

现代解法

设圆环外周的半径为 R 步，内周半径为 r 步，则已知条件是：

$$\pi R^2 - \pi r^2 = 5.2 \times 240,$$
$$2\pi R - 2\pi r = 72。$$

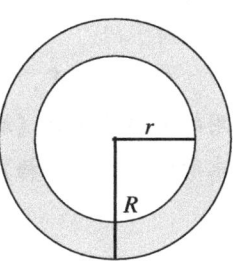

问题所要求的是圆环"半径" $R-r$，内周长 $2\pi r$，以及外周长 $2\pi R$。

接下来的求解过程我们留给读者来完成（需要时可参考上一问题的解法）。

文史点滴 / 凤栖梧

词是一种诗歌，它们的句子长短不一，篇章结构多种多样。词有固定的文字、修辞和音韵结构，每一种结构有一个名称，这些名称就叫作词牌。《凤栖梧》就是一个词牌。

一个词牌中，有些地方必须用平声字，有些地方必须用仄声字，有些地方则可平可仄。对于可平可仄的情况，我们用"㊀"表示平声但可用仄声，用"㊂"表示仄声但可用平声。此外，我们用"（韵）"表示句末需要押韵。采用这些记号，那么，《凤栖梧》的格律是这样的：

㊂仄㊀平平㊂仄（韵），㊂仄平平，㊂仄平平仄（韵）。㊂仄㊀平平仄仄（韵），㊀平㊂仄平平仄（韵）。

㊂仄㊀平平仄仄（韵），㊂仄平平，㊂仄平平仄（韵）。㊂仄㊀平平仄仄（韵），㊀平㊂仄平平仄（韵）。

仔细的读者可能会发现，本题中的《凤栖梧》和这个格律有不一致的地方：第一段的最后一句多了"人道"两个字。这种多出来的字一般起辅助作用，通常用以补足语气或描摹情态，称为"衬字"。

衬字通常见于始于宋朝、元朝盛行的"曲"这种体裁的作品。这里出现衬字，说明作者把《凤栖梧》当作"曲牌"。这事实上是没有问题的，很多曲本来就是词，而《凤栖梧》确实既是词牌，也是曲牌。

顺便说一下，《凤栖梧》这个词牌还有好几个别的名称，它最常用的名称其实是《蝶恋花》。另外，这个词牌最著名的作品是北宋柳永所作的《凤栖梧》。

005
双捣练·田有墓

长十六，阔十五，不多不少恰一亩。内有八个古坟墓，更有一条十字路。

每个墓，周六步；十字路，阔一步。每亩价银二两五，除了墓，除了路，问君该剩多少数。

题意解释

1块长方形的田地，它的长为16步，宽为15步，其中有8个周长等于6步的圆形坟墓，还有2条十字相交的、宽1步的道路。问扣除坟墓和道路，这块田的实际面积等于多少？假如每亩田地的价格是2.5两白银，那么这块田地的价值是多少？

古人解法

整块地的面积等于 16 × 15 = 240 平方步。坟墓周长为 6 步，其平方等于 36，除以 12，得到每个坟墓的面积为 36 ÷ 12 = 3 平方步。总共 8 个坟墓，故坟墓的总面积等于 3 × 8 = 24 平方步。两条路的总长度等于 16 + 15 = 31 步，扣掉两条路的交叉，实际长度为 30 步。路宽 1 步，所以其面积等于 30 × 1 = 30 平方步。于是，田地实际面积等于

240 − 24 − 30 = 186 平方步，

1 亩等于 240 平方步，186 除以 240，得

186 ÷ 240 = 0.775，

即 0.775 亩，也即 7 分 7 厘 5 毫田。

每亩田的价格为 2.5 两白银，所以田价为 0.775 × 2.5 = 1.9375 两白银，即白银 1 两 9 钱 3 分 7 厘 5 毫。

现代解法

现代解法的思路和古代没有区别,唯一不同的是坟墓面积的具体算法。我们知道,半径为 R 的圆的周长等于 $C = 2\pi R$,面积等于 πR^2。因此,我们可以推出:

$$\pi R^2 = \pi \times \left(\frac{C}{2\pi}\right)^2 = \frac{C^2}{4\pi}。$$

可见,古人用周长平方除以 12 来计算圆面积,这就是取 $\pi \approx 3$ 的近似算法。

文史点滴 / 平仄

从南北朝开始,古人把汉语的读音分成平、上、去、入四个声调,统称为"四声"。然后,古人又把后三个声调都称为"仄声"。"仄"是"不平"的意思,所以平仄的意思很简单,就是平声和非平声。但是,它是关于古汉语读音的概念,一个字的平仄,要按古人的读音来区分。

如果我们把平仄概念推广到现代的普通话,那么我们应该把阴平和阳平定为平声,把上声和去声定为仄声。由于汉语读音既有继承也有变化,现代汉语的平仄与古代的平仄大概有 80% 是一致的。但是,20% 的不一致还是挺多的,所以,如果想准确知道古诗词的平仄,我们就需要去查古人的韵书。

006
竿上安箍歌

> 圆圆三丈一高竿，稍尖头径尺二宽。
> 今有铁箍径九寸，试问将来何处安？

题意解释

1根30尺长的竹竿，其截面是圆形，末端的直径等于0，根部的直径等于1.2尺。问直径为0.9尺的铁箍可以套在竹竿的什么位置？

古人解法

将30尺除以1.2尺，得数为30÷1.2=25尺；与0.9尺相乘，得25×0.9=22.5尺。因此，铁箍可以套在竹竿距离末端2丈2尺5寸的地方。换句话说，是距离根部7尺5寸的地方。

现代解法

竹竿的纵剖面是1个等腰三角形，右边是这个剖面的示意图（为了让图形不过于细长，我们没有按比例画图）。我们要求的是铁箍与根部的距离 x。

大三角形的底长等于1.2，高等于30。以红线（代表铁箍）为底的三角形底长等于0.9，高等于 $30-x$。这两个三角形的形状是相似的，所以它们的对应边成比例，即

$$\frac{30-x}{0.9} = \frac{30}{1.2} = 25。$$

因此，

$$30 - x = 0.9 \times 25 = 22.5，$$

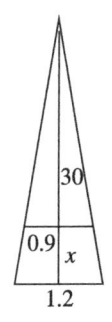

$x = 30 - 22.5 = 7.5$。

文史点滴 / 歌·歌行

我们知道，歌曲既有歌词也有旋律，这在古代和现代是一样的。但是，古人不像现代人那样动不动就写一个旋律，他们的歌曲经常采用一些早就创作出来的、已经固定了的旋律。因此，写歌的事情通常就变成是写歌词。正是由于这个原因，可以配合某些古代旋律的诗就被称为"歌"。

我们这里所说的只是一种粗略的说法，但与汉魏时代的情形大致相符。汉魏时期朝廷设立了名为"乐府"的掌管音乐的官署，乐府收集的歌词本质上就是诗。由于很多作品被称为"歌"或"行"，因此这些诗歌就合称"歌行"。

歌行句子的长短并不固定，但五字句和七字句最为常见。换句话说，歌行中有很多五言诗和七言诗。有些歌行中句子有长有短，但也以五言和七言的句子为主。

我们这本小书里有很多题目都叫作"歌"，它们都是模仿七言或五言歌行的作品。

007
长阔和较歌

今有直田不知亩，长阔相和十七步。
平不及长廿五尺，请问田该多少数？

题意解释

有1块长方形田地，它的长与宽之和等于17步，长与宽之差等于25尺，问田地的面积是多少？

古人解法

1步等于5尺，所以25尺等于5步。17与5相加等于22，折半得到11，所以长方形的长为11步。17减11等于6，所以长方形的宽等于6步。面积等于长乘以宽，所以是 6 × 11 = 66 平方步。折算成亩，得到 66 ÷ 240 = 0.275 亩，即二分七厘五毫。

现代解法

现代解法本质上一样。设长方形的长为 x 步，宽为 y 步，则
$x + y = 17$，
$x - y = 5$。
两式相加，得 $2x = 17 + 5 = 22$，故 $x = 22 ÷ 2 = 11$ 步。将 $x = 11$ 代入上面任何1个等式，都得到 $y = 6$ 步。因此，长方形面积等于长乘以宽，即 6 × 11 = 66，为66平方步。

文史点滴 行

3000多年前，我国商朝的王室把占卜的过程和结果用文字刻在龟甲或兽骨上，这就是所谓的"甲骨文"，它是目前我们能见到的最

早的成熟汉字。甲骨文中出现的字都是历史悠久的汉字，"行"就是其中的一个。

"行"这个字的意思很多，它的甲骨文写法是一个十字路口，很早就有"行走"的意思。而"走"字的甲骨文字形是一个奔跑的人，它的本义其实是"跑"。

古乐府中有些诗歌叫作"行"，如《短歌行》《从军行》等，这又是为什么呢？答案很有意思：原来，"行"还有"乐曲"的意思！

那么，"行"为什么会有"乐曲"的意思？这个问题现代人已经没有办法考证清楚。不过，一个人的行走过程通常会时快时慢，而且偶有停顿，这与歌曲的旋律变化是颇为神似的。

有些古代文人经常创作体裁为"行"的诗歌，其中最著名的大概是曹操的一首《短歌行》，全诗如下：

对酒当歌，人生几何！譬如朝露，去日苦多。
慨当以慷，忧思难忘。何以解忧？唯有杜康。
青青子衿，悠悠我心。但为君故，沉吟至今。
呦呦鹿鸣，食野之苹。我有嘉宾，鼓瑟吹笙。
明明如月，何时可掇？忧从中来，不可断绝。
越陌度阡，枉用相存。契阔谈䜩，心念旧恩。
月明星稀，乌鹊南飞。绕树三匝，何枝可依？
山不厌高，海不厌深。周公吐哺，天下归心。

008
直田较除歌

今有直田用较除，一百二十步无余。
长阔相和该一百，问公三事几何如？

题意解释

长方形面积除以它的长与宽之差等于 120 步，长方形的长与宽之和等于 100 步，求长方形的长、宽以及长与宽之差。

古人解法

我们用 a、b 分别记长方形的长和宽。以原长方形的长、宽之和为边长作 1 个大正方形，它的边长是 100 步，因此面积等于 10000 平方步。如右图分割，可以凑成 4 个原长方形以及 1 个以原长方形的长、宽之差为边长的小正方形。

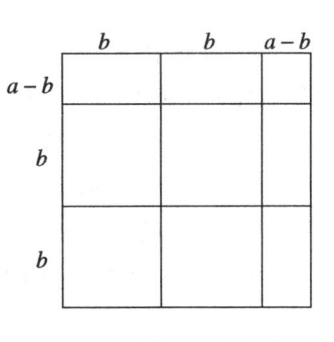

原长方形面积等于原长、宽之差乘以 120 步，因此，上图可以等面积地画成 1 个以原长、宽之差为宽，以 4 倍的 120 步加上原长、宽之差为长的长方形。

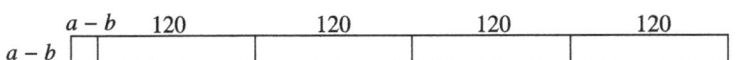

这个新长方形的面积等于 10000 平方步，它的长宽之差等于 480 步。对这种情形，古人可以求出它的长与宽，其做法与开平方相似，称为"带纵较开平方法"（参见附录 2）。现在，用这种办法求得上述新长方形的宽等于 20 步，而它正是原长方形的长宽之差。

原长方形的长、宽之差等于 20 步，长、宽之和等于 100 步，将这两个数值相加，然后折半，我们就得到原长方形的长为 (20 + 100) ÷ 2 = 60 步。从 100 步中减去 60 步，得到原长方形的宽等于 40 步。

现代解法

古人会"带纵较开平方"，现代人会解一元二次方程。设长方形的长为 a，宽为 b，则已知条件为：

$ab \div (a - b) = 120$，

$a + b = 100$。

后一个等式平方，得

$(a + b)^2 = 10000$。

根据完全平方公式，有

$(a + b)^2 = a^2 + 2ab + b^2 = (a - b)^2 + 4ab$。

将已知条件中的前一个等式写成

$ab = 120(a - b)$，

然后代入上面的等式，我们就得到

$(a - b)^2 + 480(a - b) = (a + b)^2 = 10000$。

因此，$a - b$ 满足如下一元二次方程：

$(a - b)^2 + 480(a - b) - 10000 = 0$。

用一元二次方程的求根公式，可以求得

$a - b = 20$。

再根据 $a + b = 100$ 的已知条件，我们很容易就可以得到 $a = 60$，$b = 40$。

文史点滴 直田

我国古代数学书中，平面图形经常用不同形状的田地来描述，常见的有"方田""直田""圭田""梯田""斜田""圆田""环田"等名称。其中，方田是正方形，直田是长方形，圭田是等腰三角形，梯田和斜田都是梯形，圆田当然是圆形，环田我们已经遇到过，是圆环形。

009
哑子买肉歌

哑子来买肉，难言钱数目。
一斤少四十，九两多十六。
试问能算者，合与多少肉？

题意解释

1个人拿了一些钱去买肉，买1斤肉的话，钱数差40文；买9两肉的话，钱还能剩16文。问他共有多少文钱？这些钱能买多少两肉？

古人解法

将剩"盈"16文与"不足"40文相加，得40 + 16 = 56文。1斤等于16两，将两种购买量16两与9两相减，得数为16 − 9 = 7两。两数相除，得到每两肉的价钱为56 ÷ 7 = 8文。

9两乘以每两8文，得数为9 × 8 = 72文，加上16，得到买肉者的钱数为72 + 16 = 88文。将这个得数除以8，我们就知道这些钱可以买到88 ÷ 8 = 11两肉。

我们顺便在这里指出，这种解法是古代非常著名的算法，它被称为"盈不足术"。

现代解法

假设肉的价钱为每两 x 文，买肉者的钱数为 y 文，则已知条件为：

$16x = y + 40,$

$9x + 16 = y.$

将两个等式相减，得到：
$$16x - 9x - 16 = 40,$$
两边同时加上 16，得
$$(16 - 9)x = 40 + 16,$$
因此，
$$x = (40 + 16) ÷ (16 - 9) = 8,$$
即肉的价格是每两 8 文钱。将 $x = 8$ 代入已知条件中的任何一个，都可以得到钱数 $y = 88$ 文。两数相除，就知道这些钱可以买到 11 两肉。

对比古人的"盈不足术"和现代人二元一次方程组的解法，我们不难发现：它们本质上是一样的。

文史点滴　斤·两

我国古代规定 1 斤等于 16 两，这个规定一直到清朝结束都没有改变。但是，1 斤的重量各个朝代基本上都互不相同。根据出土器物测算，战国时秦国商鞅规定的 1 斤大约等于 253 克。后来斤的重量不断变化，明清两朝官方规定的 1 斤大约等于 597 克，但民间 1 斤的轻重通常并不一致。

民国时期推行公制，将"斤"的正式名称定为"市斤"，并且将斤的大小与公制挂钩，规定 1 斤等于 500 克，但是，1 斤等于 16 两的制度并没有消失，直到 20 世纪 70 年代，民间仍然是 10 两制与 16 两制并用，分别称为"大两"和"小两"。目前，我国已经废除了"斤"这个重量单位，但"500 克"仍然是最常用的单位之一。

010

老人问甲歌

有一公公不记年，手持竹杖在门前。
借问公公年几岁？家中数目记分明。
一两八铢泥弹子，每岁盘中放一丸。
日久岁深经雨湿，总然化作一泥团。
称重八斤零八两，加减方知得几年。

题意解释

1位老爷爷不记得自己的年纪，但他每过1年就向1个盘子里放入1颗重量为1两8铢的泥丸。现在，泥丸的总重量是8斤8两，请问老爷爷现在的岁数是多少？

古人解法

1斤等于16两，1两等于24铢。因此，1颗泥丸的重量等于

　　1 × 24 + 8 = 32 铢，

泥丸总重量为8斤8两，等于

　　(8 × 16 + 8) × 24 = 3264 铢。

两数相除，3264 ÷ 32 = 102，所以老爷爷现在102岁。

现代解法

此题非常简单，古今解法没有什么不同。

文史点滴　两·铢

1斤等于16两，1两等于24铢，所以1斤等于384铢。可见，铢是1个很小的重量单位。当然，由于各个朝代斤的重量不同，1铢

的分量也各不相同。

　　古人还用过1个叫作"锱"的重量单位，它等于1两的1/4。大家可能见过"锱铢必较"这个成语，由于铢比斤小很多，从字面上理解的话，它比"斤斤计较"还要计较得多。

　　事实上，"两"这个单位出现得比"斤"和"铢"都晚。关于"两"这个单位名称的起源，学术界至今都没有定论，本书的编者认为，它很有可能起源于战国前期的秦国。"两"的本意是"两个""一双"。例如，一双鞋总共有两只，所以"两"在古代是鞋的量词；古代的车总共有两个轮子，因而"两"也是车的量词（后来写成"辆"）。战国前期秦国铸钱，起初32个钱的重量恰好是1斤。我们猜测，秦人可能以两个钱的重量为重量单位，因此以"两个"命名，将这个重量单位称为"两"。这样一来，1个钱的重量就是"半两"。一段时间之后，"半两"成为战国时的秦国以及后来的秦朝的钱的名称，无论铸成的铜钱具体有多重，他们都把钱叫作"半两"。

011

西江月·油和面

　　白面称来四斤，使油一斤相和，今来有面九斤多，六两五钱不错。

　　已用香油和合，二斤十二无讹，再添多少面来和，不会应须问我。

题意解释

　　根据油面的配方，4斤白面应该拌1斤油。现在某人在9斤6两5钱白面里倒进了2斤12两油，试问应该添加多少白面，才能使面与油的比例与配方相符？

古人解法

　　1斤等于16两，12两等于 12 ÷ 16 = 0.75 斤。所以，油的总量是 2.75 斤。4斤白面配1斤油，按照配方比例，我们得到：

　　　　白面 : 2.75 = 4 : 1。

　　因此，白面的重量应该等于 4 × 2.75 = 11 斤。已有的面总共是 9 斤 6 两 5 钱，所以需要添加的白面的重量为

　　　　11 斤 - 9 斤 6 两 5 钱 = 1 斤 9 两 5 钱。

现代解法

　　问题简单，现代没有什么不同解法。现代人需要注意的是：1斤等于16两，1两等于10钱。

文史点滴　钱·文

　　我们前面说过，"两"下面的辅助单位主要是"铢"，1两等于24

铢。钱币史专家认为，我国从唐朝开始引入"钱"作为"两"以下的十退位辅助单位，规定1两等于10钱。

战国时秦国铸造半两钱，后来秦朝的钱重量变轻，但仍然沿用"半两"之名。汉朝开始铸造"五铢钱"，后来钱越铸越轻，重量只有3铢或4铢。再后来，钱的质量很差，在民众中失去信誉。因此魏晋南北朝时期，不用钱而直接"以物易物"成为物品交易的常态。

唐高祖李渊在公元621年开始铸造"开元通宝"铜钱（有些学者认为应该读作"开通元宝"），其重量为2.4铢，恰好等于1两的1/10。钱币史专家们说，1个铜钱的重量因此就变成重量单位。顾名思义，这个重量单位就被称为"钱"。

唐朝以后，钱的正面通常都铸有4个字，例如清朝的"康熙通宝"。1个钱本来就被称为1"钱"，但"钱"后来变成重量单位。人们为了避免混淆，就根据钱上铸造有文字的特点，把1个钱叫作1"文"钱。从此，"文"成为铜钱的计数单位，1文钱就是1个钱。

012
梅气清·麦换粟

三石五斗粟，会换芝麻三石足。又有五斗五升麻，换来小麦量八斗。今有小麦换粟米，九石六斗无零数。

题意解释

35斗小米可以换30斗芝麻，5.5斗芝麻可以换8斗小麦。请问96斗小麦可以换多少斗小米？

古人解法

将96乘以5.5，再乘以35，得数为96×5.5×35=18480。将30乘以8，得数为30×8=240。两数相除，就得到本题的答案为18480÷240=77。也就是说，96斗小麦可以换77斗，即7石7斗小米。

现代解法

根据已知条件，1斗小米可以换30/35斗芝麻，1斗芝麻可以换8/5.5斗小麦，所以，1斗小米可以换

30/35 × 8/5.5 = (30 × 8) / (35 × 5.5) 斗小麦。

反过来，1斗小麦可以换 (35 × 5.5) / (30 × 8) 斗小米。所以，96斗小麦可以换

96 × (35 × 5.5) / (30 × 8)

= (96 × 35 × 5.5) ÷ (30 × 8) = 77 斗小米。

很明显，现代和古代的做法是一样的，我们只不过是把求解步骤都写清楚而已。

文史点滴 / 石・斗・升

"石"是古人常用的计量单位,有趣的是,它既是一种容积和体积单位,也是一种重量单位。

作为容积和体积单位,"石"经历过一个复杂的演变过程,但从汉武帝时期以后,它就一直等于10斗。

斗和升的关系很稳定,1斗总是等于10升。因此,简单地说,从西汉中期以后,升、斗、石的关系都是十进制。不过,各个朝代的1升大小各不相同,所以这些容积单位的大小也随时代变化而变化。

战国时期秦国1升的大小约等于200毫升,唐朝和宋朝的1升大约等于600毫升,明朝和清朝的1升大约等于1035毫升。民国时期推行公制,将"升"称为"市升",并与公制挂钩,1毫升被定为1立方厘米,而1升则等于1000毫升。换句话说,1市升等于1公升。

作为重量单位,1"石"等于120斤,由于斤的轻重随时代变化而变化,因此1石的重量也随朝代的不同而不同。

无论是作为容量单位还是重量单位,新中国成立后"石"只在民间使用,而且近年来已经完全被其他单位所取代。

013
西江月·一处销镕

甲钏九成二两，乙钗七色相同，李银铺内偶相逢，各欲改成器用。

其于未详所以，误将一处销镕，当时闷恼李三翁，又把算师搅动。

题意解释

某甲有1支重2两的钏，其中含金90%；某乙有1支2两的钗，其中含金70%。两样首饰在银匠铺里不小心被熔化在一起。如果将熔化后的合金按原来首饰的含金量分配，试问甲、乙应各分多少？

古人解法

钏重2两，含金九成，所以含纯金 $2 \times 0.9 = 1.8$ 两。钗重2两，含金7成，所以含纯金 $2 \times 0.7 = 1.4$ 两。因此，熔化后的合金重4两，含纯金 $1.8 + 1.4 = 3.2$ 两。按含金量分配，甲应该得到 $1.8 \times 4 \div 3.2 = 2.25$ 两熔化后的合金，即2两2钱5分，乙应该得到其余的1.75两，即1两7钱5分。

现代解法

解题思想完全一样，但现代人在计算中可能会列出方程。

文史点滴 钏·钗

钏

钏是古代女性戴在手臂上的装饰物，通常也叫作"臂钏"或"跳脱""条脱""缠臂金"。它相当于"一串"手镯，可能因此才被称作与"串"读音相同的"钏"。

古代女性都留长发，钗和簪既是别在发髻上的首饰，也起着固定发髻的作用。钗和簪的不同之处是：簪首之下是单股的，而钗头之下则分成两叉。那么，钗是不是因为分成两"叉"才被叫作"钗"呢？这又是一个有趣的问题。

钗和簪的头部通常都有好看的装饰，最常见的装饰是我国传统文化中与女性联系紧密的凤凰。有意思的是，"钗头凤"不仅是一个司空见惯的形象，而且是一个词牌的别名。南宋诗人陆游与前妻唐婉所写的《钗头凤》相当著名，有兴趣的读者可以找来欣赏一下。

簪　　**钗**

014
醨醇醉客歌

肆中听得语吟吟，薄酒名醨厚酒醇。
好酒一瓶醉三客，薄酒三瓶醉一人。
共同饮了一十九，三十三客醉醺醺。
试问高明能算士，几多醨酒几多醇？

题意解释

饭店有两种酒，低度酒1个人能喝3瓶，高度酒1瓶能醉倒3个人。已知33个人总共喝了19瓶酒，而且都喝得醉醺醺的，请问他们两种酒各喝了多少瓶？

古人解法

列出如下式子：

1瓶	3瓶	19瓶
3人	1人	33人

先以左上1瓶乘中下1人，得数为1；以中上3瓶乘左下3人，得数为9。两数相减，得8，用作除数。

再以中上3瓶乘右下33人，33 × 3 = 99；以左下3人乘中上3瓶，再乘右上19瓶，得数为3 × 3 × 19 = 171。两数相减，171 − 99 = 72，用作被除数。

被除数除以除数，得到这33人所喝的低度酒总共为72 ÷ 8 = 9瓶。所喝酒的总数为19瓶，从中减去9瓶低度酒，即得到高度酒的数量为19 − 9 = 10瓶。

现代解法

设这33人所喝高度酒为 x 瓶，低度酒为 y 瓶，则已知条件为：

$$x + y = 19,$$
$$3x + \frac{1}{3}y = 33。$$

将第二个等式乘以3，得到

$(3 \times 3)x + y = (33 \times 3)$。

与第一个等式相减，就有

$(3 \times 3)x - x = (33 \times 3) - 19$。

所以，

$x = [(33 \times 3) - 19] \div [(3 \times 3) - 1] = 10$。

由第一个等式，即得 $y = 19 - 10 = 9$。

我们根据已知条件列出的是1个二元一次方程组。对比两种解法，我们不难发现，古人的解法本质上也是求解相同的二元一次方程组，只不过其做法是先求出 y，然后再求出 x。

文史点滴 / 高度酒

宋朝以前我国酒的度数都不高，真正的高度酒是蒸馏酒，其酿制技术很可能是宋朝开始才从北方少数民族那里传入中原的。杜甫的《饮中八仙歌》说"李白斗酒诗百篇"，《水浒传》说武松能喝数十碗酒。虽然诗歌和小说都难免夸张，但他们所喝的酒度数不高，所以夸张的程度也不算很离奇。

另外，古代酿酒既没有形成标准化的生产方法，也没有形成规模化的产业，私人和小作坊酿酒是普遍现象，因而酒的度数高低、质量好坏也非常不一致。

015
水仙子·白银贩参

为商出外去经营,将带白银去贩参,为当初、不记原银锭,只记得、七钱七买六斤。

脚钱便使用三分,总记用牙钱四锭,是六分中取二分。问先生、服买数分明。

题意解释

某商人购买人参,人参价格是每 6 斤 7.7 钱白银。每 6 斤人参需要付 0.3 钱白银的搬运费,而中介费则是总支出的 2/60。

已知中介费为 4 锭共 200 两白银,问这位商人总共买了多少斤人参?付了多少搬运费?

古人解法

中介费为 200 两白银,它是总支出的 2/60,因此总支出为 200 ÷ (2/60) = 200 × 60/2 = 6000 两白银。扣去中介费 200 两,用于购买人参的白银总数为 6000 − 200 = 5800 两。

连搬运费一起计算,每 6 斤人参需要付出 7.7 + 0.3 = 8 钱白银,也就是 0.8 两白银。因此,每斤人参需要支付 0.8/6 两白银,购买人参的总数等于

5800 ÷ (0.8/6) = 5800 × 6 ÷ 0.8 = 43500 斤。

每 6 斤的搬运费是 0.03 两,所以每斤的搬运费是 0.03/6 两白银,因而总搬运费等于

43500 × 0.03 ÷ 6 = 217.5 两白银。

现代解法

与古人解法没有什么不同。需要注意的是,受限于诗词的格式,

题目中有些已知条件往往有歧义，我们有时需要参照古人的解法才能做出准确的题意解释。

文史点滴　锭

在很长一段时间内，我国的主要货币是铜钱和黄金，白银虽然在晋、唐、宋都被列为货币，但并不常用。白银在元朝开始成为比较流行的货币，但元朝真正使用得多的还是纸币和铜钱。事实上，直到明朝中期，白银才真正被广泛地用于商品交易。

明朝一开始规定1两白银兑换1000文钱，但兑换率并不稳定，后来的兑换率经常大大高于1000文钱。

白银在流通中以重量计算，主要单位是两、钱、分（1两等于10钱，1钱等于10分），交易时通常用名为戥子的衡器来称重（参见下左图）。

银块的重量经常与需要支付的数额不同，因而常常需要凿成碎块，这显然是很不方便的。因此，明清两朝流行固定重量的白银铸块，也就是"银锭"。常见的银锭重量为5两、10两和50两。根据法律规定，白银单称"锭"时，明朝指的是50两的"大锭"。

尽管银锭流行，小额白银的使用仍然很不方便，清朝后期铸造小重量银质辅币，才使这个问题最终得到解决。

016
丝绸问价歌

二丈四长尺八阔，四两半银体打脱。
三丈六长尺六阔，该银多少要交割？

题意解释

长24尺、宽1.8尺的上等丝绸价值4.5两白银，问长36尺、宽1.6尺的上等丝绸价值多少？

古人解法

长36尺乘以宽1.6尺，得 $36 \times 1.6 = 57.6$ 平方尺，再乘以4.5两白银，得数为 $57.6 \times 4.5 = 259.2$，用作被除数。长24尺乘以宽1.8尺，得 $24 \times 1.8 = 43.2$ 平方尺，用作除数。两数相除：

$259.2 \div 43.2 = 6$。

因此，长36尺、宽1.6尺的上等丝绸价值是6两白银。

现代解法

与古人算法没有什么不同。

文史点滴 丝·布

"氓之蚩蚩，抱布贸丝"是《诗经·氓》中的两句诗。通常认为，这两句诗不仅描绘了春秋以前以物易物的贸易场景，也从一个侧面告诉我们，"丝"和"布"是古代最常见的纺织品。

古代丝织品总称为"帛"，其品种非常多，因而名称也很多，总共有绫、罗、绸、缎、绢等10多种名称。

古代的布大致可以分为两类：第一类包括麻布和葛布，第二类是棉布。麻布所用的原材料主要是亚麻和苎麻，葛布则用葛皮纤维织成。棉花是外来植物，棉布虽然在汉朝已经传入我国新疆地区，在魏晋时期或更早也已经在我国南方的边疆省份出现，但因为气候条件、种植技术和纺织技术的限制，棉布直到宋朝后期才开始流行。

有意思的是，据专家研究，古代传入我国西北的棉是非洲长绒棉，传入南方的棉是亚洲粗绒棉，而近现代占据绝对主导地位的，则是美洲的细绒棉。三种棉出自三大洲，它们不是同一个品种，质地也各不相同。

现在，棉花是主要的纺织原料，据著名专业统计网站 statista.com 所载，棉花产量居世界前五位的国家依次是印度、中国、美国、巴西以及巴基斯坦，这五个国家 2019 年的棉花产量依次是 642.3 万吨、593.3 万吨、433.6 万吨、291.8 万吨以及 135 万吨。值得我们特别指出的是，我国种植的棉花中，超过 90% 是我国自主研发的抗虫转基因棉花。

017

黄金成色歌

足色黄金整一斤，银匠误侵四两银。
斤两虽然不曾耗，借问却该几色金？

题意解释

在熔化 1 斤纯金时，金匠不小心加入了 4 两白银。已知加工过程中没有损耗，试问成品中黄金的占比是多少？

古人解法

这是极简单的问题：16 两黄金加上 4 两白银，总共是 20 两。20 两合金中有 16 两黄金，所以黄金的占比等于

16 ÷ 20 = 0.8 = 80%。

在金、银等贵金属的合金中，古人将主要金属的占比称为"成色"，简称为"成"或"色"。因此，按古人的说法，本题的答案是"八色（金）"。

现代解法

与古人无任何不同。

文史点滴　耗

题目第三句的最后一字是"耗"，意指贵金属在加工过程中出现的损耗。将黄金或白银加工成首饰需要经过熔化、倾注、锤打、切削等多道工序，加工过程中自然而然会出现一些损耗。特别是在熔化/凝固的过程中，可能有杂质因为熔点不同而自然地分离出来，造成凝固后合金的重量比原来轻的结果，这种损耗通常被称为"火

耗"。以下两个插图分别是传统的黄金熔铸与首饰加工的画面，这两个过程都会出现黄金的损耗。

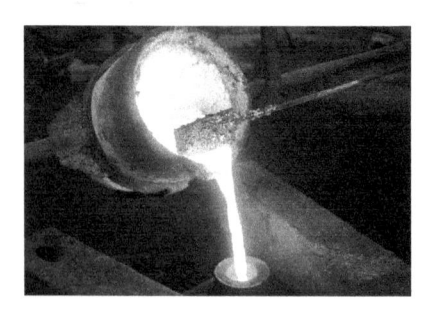

在我国古代，封建王朝向农民征收白银和粮食，白银因为官府需要铸零为整而产生"火耗"，而粮食在储存过程中则会因为老鼠和麻雀偷吃以及霉变等原因出现损耗。因此，各朝代为了保证官方不受损失，都允许地方官在征收钱粮时多收一定比例的"耗"，称为"加耗"。粮食的损耗通常称为"鼠雀耗"，但一些地方官把运输费用也作为"加耗"征收。例如，明朝法律明确规定，每石"加耗不过五升"，但实际征收的"耗"因运输路程远近而不同，每石粮食"加耗"为"湖广八斗，江西、浙江七斗，南直隶六斗，北直隶五斗"。1石等于10斗，这就是说，明朝"耗"与正税的比例往往高于50%，是法律规定的10倍以上。

最后，我们告诉大家一个有趣的事实：老鼠之所以被称作"耗子"，正是源于"鼠雀耗"这个名称。

018
纹银倾色歌

> 足色纹银十二两,欲倾八成预忖量。
> 分两虽然添得重,入铜多少得相当?

题意解释

某人有纯银 12 两,请问需要添加多少两铜,才能熔炼成含银 80% 的合金?

古人解法

80% 即 0.8,12 两除以 0.8,得数为 12 ÷ 0.8 = 15 两,减去纯银的重量 12 两,就得到需要添加的铜的重量。换句话说,本题的答案为 15 − 12 = 3 两。

现代解法

与古法本质上没有不同,列方程计算的话,过程也非常简捷:设需要加铜 x 两,则据已知条件,得

$$12 \div (12 + x) = 0.8,$$

即

$$12 = (12 + x) \times 0.8 = 9.6 + 0.8x,$$
$$0.8x = 12 - 9.6 = 2.4,$$
$$x = 2.4 \div 0.8 = 3。$$

文史点滴 纹银·色银

明朝人发现,如果熔化的银液中银的比例接近 100%,那么银液凝固后表面就会出现丝状纹路。这种纹路称为"银纹",表面有银纹

的白银（包括银锭）就被称为"纹银"。

银纹是银液含银比例接近100%时才会出现的物理现象，据现代测定，典型纹银的含银比例大约为93.53%。由于纹银含银的比例接近100%，它们通常被当作"足色银"，也就是被当成纯银看待。

本题所说的加铜熔炼是很容易做到的事情。正因此，流通中的白银成色各不相同，不能算作纹银的银子通通被称为"色银"。在用银计价的交易中，通常以纹银为足色银，用作计价标准，各种色银要按成色折算成标准银。例如，假设1匹绫的价格是纹银4两，如果我用"八色银"付款，那我就需要付出5两（5 × 0.8 = 4）。

那么，古人在交易时怎么检验银的真假和成色呢？这是个好问题——古人没有特别好的方法，主要依靠个人或专家（如银匠）的经验。事实上，以假银子行骗在明朝后期是并不罕见的江湖骗局，明末小说《杜骗新书》中就收录了多个"假银骗"的故事。

019
油盐同船歌

一斤半盐换斤油，五万白盐载一舟。
斤两内除相移换，须教二色一般筹。

题意解释

按市场价格，1.5 斤盐可以换 1 斤油。某人有一船总重为 50000 斤的盐，他想把其中的一部分换成油，使得油、盐的重量相等。请问应该用多少盐换油？换完之后油、盐各有多少斤？

古人解法

将 1.5 斤与 1 斤相加，得 2.5 斤。将 50000 除以 2.5，得油或盐的斤数为 50000 ÷ 2.5 = 20000。这就是说，将 30000 斤盐换成 20000 斤油，则在得到 20000 斤油之外，所剩盐的重量正好也是 20000 斤。

现代解法

设换得的油的重量为 x 斤，则据已知条件，我们得到：

$x = 50000 - 1.5x$。

移项，得

$(1 + 1.5)x = 50000$，

因此，

$x = 50000 ÷ (1 + 1.5) = 20000$。

文史点滴　盐

俗话说"百味盐为首"，盐是食物首屈一指的调味品，是绝对的民生必需品。古代平民生活简朴，吃饭可以没有菜，但咸味却是不可或缺。因此，盐在古代民生中的地位极为重要，盐税也成为我国各朝代财政收入最重要的来源之一。

据文献记载，春秋时齐国已经很仔细地计算盐税的收入，战国时秦国的盐税已经很重。汉武帝时期规定，食盐由政府生产和贩卖，私人不得染指。此后，盐税有两种收取方式，一种是官产官卖，盐税直接体现在售价中，由官方直接收取；另一种方式是官方把食盐加价批发给私有商业零售，盐税体现为官方在生产成本之上所加的价格。

唐朝盐税因年代不同而高低不一，但总体上是非常高的。例如，公元759年时，食盐成本每斗10枚铜钱，但官方售价是110枚铜钱；而30年之后的公元789年，食盐每斗售价竟然高达310枚铜钱！

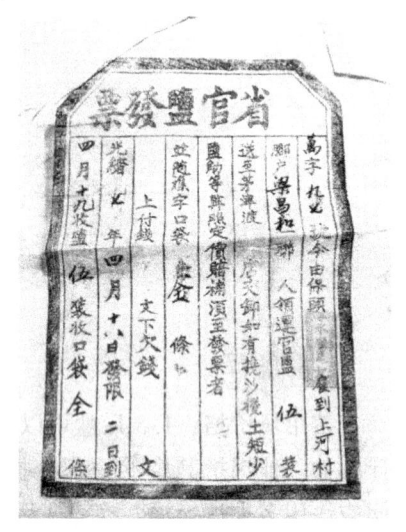

宋朝开始实行食盐经营许可证制度，政府向商人颁发经营许可证，商人凭证按配额购销食盐。宋徽宗时期，食盐经营许可证的形式是"盐引"。此后，明清两朝都沿用盐引制度，但清朝道光之后盐引的形式改为"盐票"（上图是一张光绪七年的盐票）。

020

铺金问积歌

皇城内，丹墀中，周围有八里，铺金二寸深。

方寸十六两，称来有一斤。 不知多少数，特来问缘因。

题意解释

紫禁城里有 1 个正方形大殿，其周长为 8 里，皇帝想给这个大殿的地面铺上厚度为 2 寸的金砖。已知黄金每立方寸重量为 1 斤。试问，如果真的像皇帝要求的那样给大殿铺上金砖，总共需要多少斤黄金？

古人解法

大殿周长 8 里，8÷4 = 2，所以正方形边长为 2 里，面积为 2×2 = 4 平方里。

由于 1 步等于 5 尺，1 尺等于 10 寸，所以，1 步等于 50 寸，1 平方步等于 50^2 = 2500 平方寸。1 里等于 360 步，所以 4 平方里等于

4 × 360 × 2500 = 3600000 平方寸。

再乘以厚度 2 寸，得到体积等于 7200000 立方寸。由于 1 立方寸黄金的重量是 1 斤，所以铺大殿需要黄金 720 万斤。

现代解法

解法没有什么不同，关键是上述古书的算法是错误的！事实上，1 里等于 360 步，所以 1 平方里等于 360^2 = 129600 平方步！也就是说，古书的算法少乘了 1 个 360，真正的答案是 720 万斤的 360 倍，即 259200 万斤。

需要将近 26 亿斤黄金！很显然，皇帝这个黄金铺殿的想法必然无法实现！

文史点滴 里·裏

"里"字的结构是"田地"上垒了一堆"土"，最初的意思是田界、地界的记号。后来，根据其地界记号的意思，"里"变成"乡"之下行政单位的名称。再根据理想中 1 个"里"的地界尺度，"里"又转而成为长度单位。战国时秦国规定 1 里等于 300 步。我们说过，战国时秦国规定 1 步等于 6 尺，而唐朝开始规定 1 步等于 5 尺。相应的，唐朝开始规定 1 里等于 360 步。因此，虽然各朝代尺的长短不同，但是，$300 \times 6 = 1800 = 360 \times 5$，历代的 1 里都等于 1800 尺。

"裏"是兼有会意的形声字，它把"里"字写在"衣"的里面，表示"里面"的意思。因此，在繁体字时代，"里"和"裏"是写法和意思都不同的两个字。现在有很多人在写繁体字时，往往把"里程"或"乡里"的"里"误写为"里外"的"裏"，这是不明白字形字意而产生的错误。

021
西江月·脚钱折米

客向新街籴米，共量八十四石，一千二百七十知，石价尽依乡例。

雇觅小车搬运，装钱三百三十，脚言家内缺粮食，只据原钱要米。

题意解释

某人购买了 84 石米，总价是 1270 文钱。他雇人搬运，搬运费是 330 文钱。但搬运工说自己家里缺粮食，想要将工钱折算成米。试问此人应该给搬运工多少石米？

古人解法

将 1270 文加上 330 文，总共是 1270 + 330 = 1600 文钱。将 84 石乘以 330 文，再除以 1600 文，得到搬运费折算所得的米为

$$84 \times 330 \div 1600 = 17.325 \text{ 石}。$$

我们说过，汉朝以后 1 石等于 10 斗，1 斗等于 10 升，其实在升以下还有合、勺、撮、抄、圭等更小的单位，它们之间的关系都是十退位；也就是说，1 合等于 0.1 升，1 勺等于 0.1 合，1 勺等于 10 撮等。因此，本题的答案也可以说是 17 石 3 斗 2 升 5 合。

大家可能会有一个问题：计算时所用的米价为什么不是 1270 文，而是 1270 + 330 = 1600 文呢？事实上，这种算法有它的道理——经过搬运之后，把搬运费包括在米价之内是合理的。

现代解法

如果说有什么地方可能不同，那就是米价的算法。现代人可能

会认为米价应该是1270文，但古人约定俗成，都采用包含运费等杂费的算法，并把这类问题通通归为"就物抽分"算题。

文史点滴 词牌

唐朝是一个相当开放的朝代，当时有非常多的乐曲从国外传入，极大地丰富了我国的音乐宝库。有旋律当然就应该有歌词，给传入的乐曲所填的歌词就叫作"曲子词"。不同的乐曲有不同的名称，它们就是"词牌"。

一首曲子的旋律是固定的，但如何配词，在唐朝经常有一定的灵活性，所以当时有些词牌的文字格式并不很固定。唐朝后期开始，词逐渐脱离它的旋律，成为独立的诗歌体裁。词牌所表示的不再是乐曲的旋律，而是文字、修辞和音韵结构的固定格式，因而也不再具有灵活性。

宋朝是词这种诗歌体裁的鼎盛时代，宋朝有些词作家同时也是音乐家，他们往往创作新的乐曲，从而发明出新的词牌。这类词作家中，最著名的是自称"奉旨填词"的柳永，他的《雨霖铃》《八声甘州》等词作都是脍炙人口的作品。

022
西江月·分棉花

净拣棉花弹细，相和共雇王孀，九斤十二是张昌，李德五斤四两。

纺讫织成布匹，一百八尺曾量，两家分布要明彰，莫得些儿偏向。

题意解释

张昌有 9 斤 12 两棉花，李德有 5 斤 4 两棉花，他们一起请人将棉花弹细。已知这些棉花总共织成 108 尺布，请问张昌和李德应该各分多少尺布？

古人解法

1 斤等于 16 两，所以 9 斤 12 两等于 $9 \times 16 + 12 = 156$ 两，5 斤 4 两等于 $5 \times 16 + 4 = 84$ 两。两数相加，共得棉花 $156 + 84 = 240$ 两。

240 两棉花织成 108 尺布，所以每两棉花所织成的布长度为 $108 \div 240 = 0.45$ 尺。因此，张昌的棉花是 156 两，他应该分得 $0.45 \times 156 = 70.2$ 尺，即 7 丈 2 寸棉布。相似的，李德应该分得的棉布为 $0.45 \times 84 = 37.8$ 尺，即 3 丈 7 尺 8 寸。

现代解法

与古人没有什么不同。这种按比例分配的计算，古代称为"衰分"（衰读音为 cuī）。不知出于什么原因，清朝的康熙皇帝把"衰分"这个术语改成"差分"，也许，他是嫌"衰"字不吉利？

文史点滴 / 弹棉花

弹棉花是一门传统手工艺，目的是让棉花变得松软，所以弹棉被

内胎在以前极为常见（参见右图）。弹棉花的主要工具是弹棉弓，弓体用竹或用木，长度大约为4尺，弓弦通常用牛筋制成。使用时让弓弦接触棉花，用木槌敲击弓弦，依靠弓弦的弹性让棉纤维在震动中相互分离，从而变得松软。为了弹得均匀，在弹的过程中需要多次翻动棉花，所以除弹棉弓和木槌之外，铲子也是弹棉花的必要工具之一。

我国古代的官员可以向最高执法部门（如御史台）或皇帝写报告，揭发某位官员的不法行为，请求御史或皇帝处理该官员。这种举动称为"弹劾"，报告则称为"弹章"。明朝官员刘吉从成化十一年（公元1475年）到弘治五年（公元1492年）一直担任内阁大学士，他在长达18年的大学士任内多次被其他官员弹劾，但却从未倒台。因为他如此"耐弹"，民间戏谑地将刘吉称作"刘棉花"。

023
张李分布歌

赵嫂自言快织麻，李宅张家雇了他。
李宅六斤十二两，二斤四两是张家。
共织七十二尺布，二人分布闹喧哗。
借问乡中能算士，如何分得的无差？

题意解释

李家有麻6斤12两，张家有麻2斤4两，两家一起请人将这些麻织成麻布。已知织成的麻布总共为72尺，请问张、李两家应该各分多少尺？

古人解法

与上题算法完全相同：6斤12两等于 6 × 16 + 12 = 108 两，2斤4两等于 2 × 16 + 4 = 36 两；两数相加，共得麻 108 + 36 = 144 两。

144两麻总共织成72尺麻布，所以每两麻所织成的布为 72 ÷ 144 = 0.5 尺。属于李家的麻总共是108两，李家应该分得麻布 0.5 × 108 = 54 尺，即5丈4尺；相似的，张家应该分得麻布 0.5 × 36 = 18 尺，即1丈8尺。

现代解法

与古人算法没有不同，但我们可以用求解一元一次方程的办法计算：设李家应该分得 x 尺麻布，根据按比例分配的原则，我们得到：

$x : 108 = 72 : (108+36)$，

因此，$x = 108 × 72 ÷ (108 + 36) = 54$。

文史点滴 疋·端·匹

　　古时布的长度除了丈、尺、寸等单位之外，还有"匹"和"端"两个常用单位。1匹的长度是4丈，1端的长度是2丈。值得注意的是，布匹的"匹"繁体写成"疋"，与"匹"原本是两个不同的字，这两个字读音相同，但后者是马匹的单位。

　　古代布匹的宽度称为"幅"，幅的大小通常有统一的规定。秦朝规定布幅为2尺5寸，汉朝规定布幅为2尺2寸。这两个朝代对布幅的规定非常严格，例如汉朝法律规定，"贩卖缯布幅不盈二尺二寸者，没入之"。这就是说，如果出售幅宽不足的布，那么所卖布匹就有可能会被城管没收！

　　事实上，决定布幅大小的关键是如何使制衣时产生较少的边角料。由于尺的长度变大，布幅为2.2尺的规定到唐朝显然已经不再适用。《旧唐书》说布"阔一尺八寸，长四丈，同文共轨，其事久行"，可见唐朝流行的布幅是1.8尺。从唐朝开始，以物易物已经不再是商品交易的主要形式，因而布也不再是用来以物交易的标准媒介，官方对布幅的控制也就不再严格。正因为如此，明清两朝布的幅宽并不统一，通常有1.8尺和2尺两种布幅。然而，清朝的数学书中曾经出现2.1尺和1.6尺等其他幅宽，可见布幅多样化在明朝和清朝是司空见惯的现实。

024
诵课增倍歌

有个学生心性巧，一部《孟子》三日了。
每日增添一倍多，问君每日读多少？

题意解释

《孟子》总共有 34685 字，有 1 位天才学生只用 3 天就全部读完。已知这位学生每天比前一天多读 1 倍，请问他这 3 天各读多少字？

古人解法

以第一天所读《孟子》的字数为 1 份。第二天加 1 倍，所以第二天所读字数为 2 份；第三天再加 1 倍，所以第三天所读字数为 4 份。3 天份数的总和等于 7。由于

34685 ÷ 7 = 4955，

所以每份的字数为 4955 字。再由

4955 × 2 = 9910，

9910 × 2 = 19820，

可知这位学生 3 天所读《孟子》的字数依次是 4955 字、9910 字、19820 字。

现代解法

本质上和古代一样，只是现代人通常会列出方程。

文史点滴 孟子·四书

孟子名轲，字子舆，战国时期邹国（今山东邹城东南）人，大

约生于公元前372年。孟子年轻时曾拜孔子的孙子孔伋的某个学生为师，后来成为著名的哲学家、思想家和政治活动家。孟子是儒家的代表人物之一，元朝时期被统治阶级尊为"亚圣"，与孔子并称"孔孟"。

孟子去世时虚岁84岁，由于孔、孟并称，而孔子去世时虚岁73岁，民间产生了"七十三、八十四，阎王不请自己去"的谚语。

北宋王安石当政时，《孟子》首次被列为科举考试的主要内容之一，此后《孟子》地位上升。南宋时朱熹撰《四书章句集注》，将《孟子》与《论语》《大学》《中庸》合称为"四书"，成为科举考试最主要的经典。

明清两代规定，科举考试的题目必须从《四书》的语句中选取，叫作"代圣人立言"，《孟子》因此更成为有志于科举的读书人从小就必须背诵的经典。

《孟子》记载孟子的言行，其中有些体现出民本思想的言论，例如"民为贵，社稷次之，君为轻"，在理念上把百姓置于皇帝之上；又如"残贼之人谓之一夫，闻诛一夫纣矣，未闻弑君也"，认为如果皇帝太过残暴，那么杀掉他就不算是犯上作乱。有趣的是，明太祖朱元璋对孟子的这些言论非常不满，他亲自从《孟子》中删去这些言论，出版官方删节版的《孟子》，同时将未删节的《孟子》列为禁书。朱元璋甚至曾经说，如果孟子这个老头活在我的统治之下，那他是免不了被杀头的。

025

行程减等歌

三百七十八里关，初行健步不为难。
次日脚痛减一半，六朝才得到其关。
要见每朝行里数，请公仔细算相还。

题意解释

某人一次徒步旅行的总行程是378里，因为脚越走越疼，每天所走的路程都比前一天少一半。已知整个行程总共花费6天，试问此人每天各走了多少路？

古人解法

设第一天里程为32份，由于每天比前一天减半，所以第二、三、四、五、六天的份数依次递减为16、8、4、2、1，这些份数的总和等于63。

将总里程378除以63，得378÷63=6，即路程的每一份是6里。

将各天的份数乘以6里，得到第一天至第六天各天所走的里程数依次为 $32 \times 6 = 192$ 里、$16 \times 6 = 96$ 里、$8 \times 6 = 48$ 里、$4 \times 6 = 24$ 里、$2 \times 6 = 12$ 里、$1 \times 6 = 6$ 里。

现代解法

道理与古法一样，我们用方程求解：设第六天走了 x 里，则第五天比第六天多1倍，所以第五天走了 $2x$ 里。相似的，第四、三、二、一天分别走了 $4x$、$8x$、$16x$、$32x$ 里。已知总里程数等于378，所以：

$$x + 2x + 4x + 8x + 16x + 32x = 378,$$

$x = 378 ÷ (1 + 2 + 4 + 8 + 16 + 32) = 6$。

因此，第六天走了 6 里，依次加倍，得第五天至第一天各天所走的里程数依次为 12、24、48、96、192 里。

文史点滴　关

本题第一句以"关"字结尾的原因是为了押韵。不过，古时候数百里路的旅程，途中确实难免遇到"关"。

"关"字繁体写作"關"，字形看起来像是一个大门，里面有以粗大的横木为主要部件的横闩。它的本义是"关隘"，即在重要的交通路口设置的可以开、闭的控制通行的设施。按功能分类的话，古代的关大致可以分成两类：一类是为了军事安全，设置于国界或战略要地；一类是为了征收赋税，设置于通商道路的主要路口。

现代汉语是以双音词为主的语言，因此，从单音词"关"的本义出发，汉语在发展过程中形成了很多含"关"字的双音词。例如，"关"作为动词时表示"关闭"，因此产生"关押"等词；"关"是战略要地或征税处所，因此形成"关隘""关卡""关塞""海关""关税"等词；"关"是重要节点，所以引申出"关键""关节""难关"等词；"关"是交通连接点，含有"连接""牵连"的意思，所以引申出"关联""关心""关注""关于"等。

也许读者会有疑问：为什么"關"会简化成"关"？原因是这样的："關"在古代曾出现笔画略有简化的异体字"関"，民间不规范的写法又去掉"門"而写成"关"。后来确定简化字时，民间简写形式因为笔画少而被吸收为正规汉字。

026
浮屠增级歌

远望巍巍塔七层，红光点点倍加增。
共灯三百八十一，请问尖头几盏灯？

题意解释

1座7层的佛塔总共装饰着381盏灯，已知从顶层到最下面的第一层，装饰灯的数目逐层倍增，请问顶层共有几盏灯？

古人解法

将顶层的灯数记为1份，由于灯数逐层倍增，所以第六、五、四、三、二、一层的灯数依次为2、4、8、16、32、64份，它们的总和等于127份。

将总灯数381除以127，得381 ÷ 127 = 3，所以每1份共有3盏灯。由于顶层的灯数为1份，所以答案就是3盏。

现代解法

思路与古人相同，但通常列方程求解。

文史点滴 浮屠

古印度的梵语中有一个词，用罗马字母拼写时写成Buddha，其本义是佛教的创始人，后来也指佛教中"觉行圆满的人"。这个词在汉代传入中国，通常译成"佛陀"，后来简称"佛"。

音译是用读音相近的汉字来译外来词语，汉语同音字和近音字很多，所以音译所选择的汉字具有不确定性，外来语的音译最初通常并不统一。正因此，"佛陀"曾经被译为"浮屠"或"浮图"。但是，在"佛"和"佛陀"的译法和意思固定之后，"浮屠"这个词没有消失，而是获得了另一个意思：佛塔。

事实上，用"浮屠"称佛塔是绝对的张冠李戴。佛塔与佛教同时传入我国，它也有专门的外语名称，这个名称一开始音译为"窣堵坡"或"塔婆"，后来简称"塔"。也就是说，"塔"其实是外来语！

最初的佛塔是供奉佛教高士遗骨或其他贵重物件的小型建筑（图一）。随着佛教的汉化，我国内地的塔沿着高大化方向发展，成为独树一帜的传统建筑，并且往往成为所在地的地标。我国佛塔数量众多，最著名的有始建于北魏的嵩山嵩岳寺塔、始建于唐初的西安大雁塔、始建于唐中叶的大理千寻塔、始建于辽代的应县木塔等（图二和图三是我国发行的古塔特种邮票）。

图一 　　　　　　　　图二

图三

027
鹧鸪天·三等赔偿

八马九牛十四羊，赶在村南牧草场，吃了人家一段谷，议定赔他六石粮。

牛一只，比二羊，四牛二马亦相当，若还算得无差错，姓字超群到处扬。

题意解释

某甲有 8 匹马、9 头牛、14 只羊，它们吃了某乙的庄稼，两人商定，某甲赔偿某乙 6 石粮食。已知 1 头牛与 2 只羊所吃庄稼一样多，4 头牛与 2 匹马的食量相同。请问：某甲为马、牛、羊赔偿的粮食分别是多少？

古人解法

1 只羊对应的赔偿算 1 份，根据已知条件，1 头牛对应的赔偿就是 2 份，1 匹马对应的赔偿就是 4 份。由于总共有 8 匹马，所有马对应的赔偿为 8 × 4 = 32 份，相似的，9 头牛对应的赔偿为 9 × 2 = 18 份，14 只羊对应的赔偿为 14 × 1 = 14 份。这些份数的总和为 32 + 18 + 14 = 64。

总赔偿额为 6 石，因此，每份等于 6 ÷ 64 = 0.09375 石。由于 14 只羊的总份数为 14，所以对应的赔偿额为 14 × 0.09375 = 1.3125 石，即 1 石 3 斗 1 升 2 合 5 勺；相似的，9 头牛与 8 匹马的份数分别为 18 份和 32 份，对应的赔偿额分别为 18 × 0.09375 = 1.6875 石和 32 × 0.09375 = 3 石，即分别为 1 石 6 斗 8 升 7 合 5 勺和 3 石。

现代解法

与古法没有本质不同，但通常列方程求解。

文史点滴　马

我们通常见到的成语都是四个字的，但一个成语所含的字数事实上可以不是四个，例如，"莫须有"是一个三字成语，而"风马牛不相及"则是一个六字成语。

"风马牛不相及"这个成语历史悠久，它出现于春秋早期的齐桓公时代，原意是说齐、楚两个国家相距非常遥远，乱跑的牛和马都跑不到对方的境内，是"毫不相干"的意思。成语中的"风"通常被解释成牛、马"发情相诱"而"走失"，这是历代相传、无人怀疑的解释。这个解释确实值得遵从，但如此解释的原因古人似乎没有说透。事实上，这里所用的"风"字就是我们现在的"疯"字。那么，为什么古人这样使用"风"字呢？有一种可能是：因为风是难以捉摸的，所以古人把难以用理性把握的行为称为"风"。

古人说话和作文时经常牛、马并称，这是因为牛和马是农业社会中最主要的两种牲畜。封建王朝最重要的两件事是农业生产和国家安全，而牛是耕田的主力，马则是骑兵最重要的装备。我国古代最主要的安全威胁来自北方的游牧民族，骑兵是应对游牧民族侵扰最得力的兵种。因此，各个封建王朝都把保有品种良好、数量众多的战马当作国防工作的重要部分。为了得到世界上最好的"天马"（即所谓"汗血宝马"），汉武帝甚至专门发动了大规模的侵略战争！

028
五等分金歌

公侯伯子男，五四三二一。
假有金五秤，依率要分讫。

题意解释

将5秤黄金按5∶4∶3∶2∶1的比例分给5位爵位分别为公、侯、伯、子、男的贵族，请问各分得多少斤？

古人解法

1秤等于15斤，所以黄金总重量等于 $5 \times 15 = 75$ 斤。以男爵分得的数量为1份，则根据已知条件，5人总份数等于 $5 + 4 + 3 + 2 + 1 = 15$。因此，每份黄金重量为 $75 \div 15 = 5$ 斤。将5斤乘以各人的份数，即知公、侯、伯、子、男分得的黄金重量依次等于25、20、15、10和5斤。

现代解法

解题思想与古人一样，可列方程求解。

文史点滴　爵

爵是古代君主给亲族和功臣的一种赏赐，这种赏赐包括表示等级的爵位和与之相应的称为"封地"的一片土地。这种赏赐最初包括该封地上的一切，即包括土地、人民和治理权，但在西汉中期以后，这种赏赐通常只包括该封地名义上的税收。

从西周到清朝，爵位制度在我国存在了大约3000年，但是各个朝代的爵位制度互不相同。西周的爵位分为公、侯、伯、子、男五个等级，战国后期的秦国及其后的秦朝设有二十个等级的爵位。汉朝沿用秦朝的二十等爵，其中最重要的是"彻侯"和"关内侯"。有意思的是，因为汉武帝的名字叫"刘彻"，"彻侯"因为避讳而改称"通侯"，然后又称为"列侯"。

关内侯只有"侯"的称号而没有封地，列侯则通常拥有一定的封地。按封地行政级别的高低，列侯又可以细分为县侯、乡侯、亭侯。例如，关羽曾经被封为"汉寿亭侯"，诸葛亮曾经被封为"武乡侯"，他们的封爵就分别是亭侯和乡侯。

明朝的爵位按皇族和功臣分成两个系列，皇族的封爵依照与皇帝血缘的远近而定，除了王和郡王之外，还有镇国、辅国、奉国三种将军和三种中尉等六种爵位。功臣的爵位系列很简单，只有公、侯、伯三个等级。

封建时代的欧洲各国也有爵位，中文按他们的等级高低译为公爵、侯爵、伯爵等。但是，欧洲封建时代的爵与我国汉朝以后的爵本质上是截然不同的，他们通常是世袭的，并且对领地拥有绝对的统治权，国王并不拥有干涉其"内政"的权力。

029
八子分绵歌

九百九十六斤绵，赠分八子做盘缠。
次第每人多十七，要将第八数来言。
务要分明依次第，孝和休惹外人传。

题意解释

某人要将 996 斤绵分给他的 8 个儿子，他决定，从老大算起，各个儿子依次序每人递减 17 斤。请问这 8 个儿子各分得多少斤绵？

古人解法

与第八子相比，第七子多分 1 个 17 斤，第六子多分 2 个 17 斤，以此类推，算到大儿子时，大儿子比第八子多 7 个 17 斤。因此，他们加起来比第八子多出 $1 + 2 + \cdots + 7 = 28$ 个 17 斤，即 $28 \times 17 = 476$ 斤。从总数 996 斤中减去 476 斤，得到 $996 - 476 = 520$ 斤，它等于第八子分得的绵重量的 8 倍。$520 \div 8 = 65$，所以第八子分得的绵为 65 斤。依次加 17 斤，得第七子到大儿子分得绵的重量依次为 82、99、116、133、150、167、184 斤。

现代解法

思路与古人相同，通常列方程求解：设第八子分得 x 斤，则第七、六、五、四、三、二、一子分别分得 $x + 17$、$x + 2 \times 17$、$x + 3 \times 17$、$x + 4 \times 17$、$x + 5 \times 17$、$x + 6 \times 17$、$x + 7 \times 17$ 斤。据此，我们得到
$$x + (x + 17) + (x + 2 \times 17) + \cdots + (x + 7 \times 17) = 996,$$
即
$$8x + (1 + 2 + \cdots + 7) \times 17 = 996,$$

也就是

$8x + 28 \times 17 = 996$,

$8x = 996 - 28 \times 17 = 996 - 476 = 520$。

所以，$x = 520 \div 8 = 65$。

求出第八子所分绵的重量，其他儿子所分数量即可依次计算。

文史点滴 绵·棉

  作为纺织和御寒材料，"棉"与"绵"原本是不同的两种东西。"绵"原来的意思是丝絮，在棉花被引入我国内地之前，填充冬被的"绵"指絮状防寒填充物，它可以是丝絮，也可以是芦花、木棉花等植物絮。棉花刚进入我国时曾被称为"木棉"，"棉"是"木棉"的简称，其意思与"绵"是截然不同的。然而，在我国内地普遍种植棉花之后，普通平民通常都用棉絮填充冬被，因而"绵"与"棉"在文献中开始出现混用的情况。本题是棉花早已极为普及的明朝的一个算题，题目中的"绵"指的应该就是棉花。可以说，这是"绵""棉"相混淆的一个例子。

030
九儿问甲歌

一个公公九个儿，若问生年总不知。
自长排来争三岁，共年二百七岁期。
借问长儿多少岁？各儿岁数要详推。

题意解释

某位老人有 9 个儿子，儿子之间依次相差 3 岁，今年这些儿子岁数的总和等于 207，请问这些儿子各是多少岁？

古人解法

与第九子相比，其他儿子多出的岁数依次为 1×3，2×3，$\cdots$，8×3，其总和等于 $(1 + 2 + \cdots + 8) \times 3 = 108$。从 207 中减去 108，得数为 $207 - 108 = 99$，这个数值是第九子岁数的 9 倍。$99 \div 9 = 11$，所以第九子的岁数等于 11，依次加上 3，得到其他各个儿子的岁数依次为 14、17、20、23、26、29、32、35 岁。

现代解法

现代人通常列方程求解。值得指出的是像 $1 + 2 + \cdots + n$ 的和式有简单的计算公式：

$$1 + 2 + \cdots + n = n \times (n + 1) \div 2。$$

那么，我们怎么证明这个公式呢？我们可以这样想：我们将这个和记为 $S(n) = 1 + 2 + \cdots + (n - 1) + n$，将求和的顺序反过来，我们得到：

$$S(n) = n + (n - 1) + \cdots + 2 + 1。$$

两个式子相加：

$$S(n) = n + (n-1) + \cdots + 2 + 1$$
$$S(n) = 1 + 2 + \cdots + (n-1) + n。$$

左边得到的是 $S(n)$ 的两倍，右边按上式和下式对应位置相加，则每个位置的和都等于 $(n+1)$，因而右边的总和等于 $(n+1)$ 的 n 倍。这等于是说：

$$2 \times S(n) = n \times (n+1)，$$

因此，

$$S(n) = 1 + 2 + \cdots + (n-1) + n = n \times (n+1) \div 2。$$

文史点滴 九子

上 1 个算题中的老人有 8 个儿子，本题中的老人有 9 个儿子，这在现代人看来很不可思议，但是，"多子多福"事实上是我国的传统观念。

说到"九子"，我们很自然会联想到"龙生九子"的俗语。古人常说"龙生九子不成龙"，意思是说尽管是同胞兄弟，其品德、爱好等各个方面通常也互不相同。

"龙生九子"中的"九"本来只是表示很多，并不真正表示"九"这个特定的数目。然而，明朝的弘治皇帝（明孝宗朱祐樘，公元 1470—1505 年）有一天突然问当时的大学士李东阳，"龙生九子"到底是哪九子？皇帝的问题自然非同小可，李东阳只好赶紧去询问知识渊博的朋友。有意思的是，龙之"九子"存在多种不同的说法，学者们所列举的"九子"经常互有出入，其中，李东阳提供的说法是：囚牛、睚眦（yá zì）、嘲风、蒲牢、狻猊（suān ní）、霸下、狴犴（bì àn）、赑屃（bì xì）和螭吻。

031
依等算钞歌

甲乙丙丁戊己庚，七人钱本不均平。
甲乙念三七钱钞，念六一钱戊己庚。
惟有丙丁钞无数，要依次第数分明。
请问先生能算者，细推详算莫差争。

题意解释

有甲、乙、丙、丁、戊、己、庚7人，他们拥有的钞数依次递减1个相同的数目。已知甲与乙钞数之和等于23.7两，戊、己、庚3人的钞数之和等于26.1两。请问7人的钞数分别是多少？

古人解法

戊、己、庚是3个人，添加1，得到4。将4乘以3，得到12；除以2，得到6。6减去3，得到3，这就是所谓"下差率"。甲、乙共是2个人，将2乘以7，得到14；减去下差率3，得到11，这就是所谓的"上差率"。列出如下式子：

戊己庚　　3　　3　　26.1
甲乙　　　2　　11　 23.7

将中上的3乘以左下的2，得到6，填入上行第四个位置；将中下的11乘以左上的3，得到33，填入下行第四个位置。然后，将右上的26.1乘以左下的2，得到52.2，填入上行第五个位置；将右下的23.7乘以左上的3，得到71.1，填入下行第五个位置。这样，我们就得到：

戊己庚　　3　　3　　26.1　　6　　52.2
甲乙　　　2　　11　 23.7　　33　 71.1

以第五列之差为被除数，以第四列之差为除数，两数相除，得

$(71.1 - 52.2) \div (33 - 6) = 18.9 \div 27 = 0.7$,

这就是 7 人之间递减的钞数。甲、乙两人的钞数之和等于 23.7，加上 0.7，就等于甲的钞数的 2 倍。因此，甲的钞数等于 $(23.7 + 0.7) \div 2 = 12.2$ 两。其他人依次递减 0.7，其钞数依次是 11.5、10.8、10.1、9.4、8.7、8 两。

现代解法

设 7 人间递减数为 x，最后 1 人（即庚）的钞数为 y。根据已知条件，从甲到己这 6 个人的钱数依次为 $y + 6x$、$y + 5x$、$y + 4x$、$y + 3x$、$y + 2x$、$y + x$，并且，

$(y + 6x) + (y + 5x) = 23.7$,

$(y + 2x) + (y + x) + y = 26.1$。

于是，我们得到

$2y + 11x = 23.7$,

$3y + 3x = 26.1$。

第一个等式乘以 3，第二个等式乘以 2，即得：

$6y + 33x = 71.1$,

$6y + 6x = 52.2$。

两个等式相减，则 y 被消去，剩下一个关于 x 的方程：

$(33 - 6)x = 71.1 - 52.2$。

这样，我们就可以解出 x，将解出的 x 代入最初的等式，就可以解出 y。

可以发现，古人的解法本质上与现代的方程解法完全相同，但未能清楚地说明求解过程的道理。

文史点滴　钞

元明两朝官方发行的纸币叫作"钞"，每张纸钞上都标明其面值，并铃盖官方的印记。我国宋朝就已经开始使用纸币，是世界上使用纸币最早的国家。元朝和明朝都曾大量发行纸"钞"，其面值或为若干"贯"铜钱，或为若干"两"白银。然而，由于官方滥发，纸钞通常很快就严重贬值，根本不能兑换到面值相等的金属货币。

032
竹筒容米歌

家有九节竹一茎，为因盛米不均平。
下头三节三升九，上梢四节贮三升。
惟有中间二节竹，要将米数次第盛。
若是先生能算法，教君只算到天明。

题意解释

某根竹子共有 9 节，它根部大尾部小，所以每节所能盛放的米的数量互不相同，但依次递减同 1 个数量。已知竹子头 3 节总共可盛米 3.9 升，末 4 节总共可盛米 3 升。问各节盛米数依次是多少？

古人解法

解法与上题相同，此处略去。

现代解法

设 9 节间递减数为 x，最后 1 节盛米数为 y。根据已知条件，从头上第一节至倒数第二节这 8 节的容量依次为 $y+8x$、$y+7x$、$y+6x$、$y+5x$、$y+4x$、$y+3x$、$y+2x$、$y+x$，并且，

$(y+8x)+(y+7x)+(y+6x)=3.9$,

$(y+3x)+(y+2x)+(y+x)+y=3$。

即

$3y+21x=3.9$,

$4y+6x=3$。

第一个等式乘以 4，第二个等式乘以 3，得：

$12y+84x=15.6$,

$12y + 18x = 9$。

两个等式相减，则 y 被消去，剩下 1 个关于 x 的方程：

$(84 - 18)x = 15.6 - 9$。

这样，我们就可以解出 $x = (15.6 - 9) \div (84 - 18) = 0.1$。将 $x = 0.1$ 代入方程 $4y + 6x = 3$，即可以解出 $y = 0.6$。

因此，从末节算起，各节盛米数依次为 0.6 升（也可以说是 6 合），0.7 升，……，1.4 升。

文史点滴 竹·个

在纸被发明并得到普遍应用之前，记录文字并不那么方便，各古代文明在那个时代用来记录文字的主要载体各不相同，古埃及人用莎草茎压平成片，制成用于书写的"莎草纸"（上左图）；美索不达米亚人用黏土做成泥板，在泥板未干时刻写文字（上右图）；我国则主要用毛竹片和木片，而使用最广的是毛竹削成的窄长条，也就是大名鼎鼎的"竹简"（右图）。随着社会的发展，需要记录的事物越来越多，毛竹也就成为三国以前我国最重要的物资之一。

有意思的是，从"竹"的现代写法仍然可以看出，它的字形就是两株竹子。由于竹的重要性，它拥有专门的量词："个"。很显然，"个"的形象就是一根竹子，所以，我们应该知道这样一则冷知识："个"不仅是一个简体字，它其实历史非常悠久，其本义是用于表示"一根竹子"的量词，后来才引申而成为一般事物的量词。

033

四六分银歌

一万六百八两银，四个商人依率分。

原银轮递四六出，休将六折术瞒人。

题意解释

4个商人瓜分10608两白银，分银的方案是4人按依次4∶6的比率分配。请问4人各分得多少白银？

古人解法

据已知条件所给的比率，将分得最少的商人所得份数记为4，则下一位商人的份数为6，第三位商人的份数为 $6 \times 6 \div 4 = 9$，第四位商人的份数为 $9 \times 6 \div 4 = 13.5$。

4个份数相加，则份数总和为 $4 + 6 + 9 + 13.5 = 32.5$。$10608 \div 32.5 = 326.4$，所以每份白银为326.4两。

将326.4两乘以相应的份数，则4位商人所分得的白银数依次为 $326.4 \times 4 = 1305.6$ 两，$326.4 \times 6 = 1958.4$ 两，$326.4 \times 9 = 2937.6$ 两，$326.4 \times 13.5 = 4406.4$ 两。

现代解法

现代人通常列方程求解。

文史点滴　韵·韵书

古人说"同声相应谓之韵"。本题是一首四句的诗歌，其第一、二、四句的最后一个字分别是"银""分"和"人"，它们在古时读起来是"同声相应"的，用现代的话说，就是这三个字古代读音中韵母的主要部分是相同的。不过，由于时代变化，现代汉语中这三个字的韵母依次是 in、en、en，与古代已经有所不同。

　　古人将"同声相应"的字归成同一个类，称为一个"韵部"，简称为"韵"。由于读音还可以分平仄，所以古代韵母相同而平仄不同的字被分入不同的韵部。句末字同韵的句子就是"押韵"的，它们读起来让人有和谐悦耳的感受，所以，古代诗歌通常要求特定句子押韵，即这些句子的末尾必须使用同韵字。四句的诗歌中，一、二、四句押韵和二、四句押韵是最常见的押韵格式。

　　将汉字按韵分类编排而成的书就是"韵书"。在南北分裂将近300年之后，隋朝重新统一了全国。由于分裂太久，南北语音已经出现很多差别，隋朝的学者们认为，统一的王朝有必要对语音做出系统的整理，这促使历史上最重要的韵书《切韵》的诞生。

　　《切韵》是学者型的韵书，学者们能够区分普通人可能难以分辨的读音差别，所以《切韵》的韵部多达190多个。此后，唐朝和宋朝多次对《切韵》进行增订，出现《唐韵》《广韵》和《集韵》等韵书（上图为宋代出版《广韵》的第418页）。

　　唐朝诗人并不严格依照《切韵》或《唐韵》等韵书用韵，因此，后人总结唐诗的押韵规律，将韵部减省合并，形成总共有106个韵部的《平水韵》。《平水韵》是后代格律诗用韵的标准，词的用韵不如格律诗严格，但也以《平水韵》为基础，按照约定俗成的规律用韵。

034
二八分银歌

三千四百十两银，五个为商照本分。
原银轮递二八出，休将八折易瞒人。

题意解释

5个商人瓜分3410两白银，分银的方案是5人按依次2∶8的比率分配。请问5人各分得多少白银？

古人解法

解法参考上一算题。

现代解法

我们列方程求解。将5人记为A、B、C、D、E，设A分得白银x两，A与B分银比例为2∶8，所以B所得白银为A所得的4倍，即$4x$两；相似的，C分得$(4×4)x$两，D分得$(4×4×4)x$两，E分得$(4×4×4×4)x$两。根据已知条件我们得到：

$x + 4x + (4×4)x + (4×4×4)x + (4×4×4×4)x = 3410$，

即

$(1 + 4 + 16 + 64 + 256)x = 3410$，

$341x = 3410$，

所以$x = 3410 ÷ 341 = 10$，A、B、C、D、E分别得到10、40、160、640、2560两白银。

文史点滴 / 格律

不同的诗歌遵从不同的文字、修辞和音韵格式，每一种固定的文字、修辞和音韵格式就是一种诗歌的格律。文字格式规定哪一句应该有几个字，修辞格式规定哪些句子应该使用对仗（我们以后再说什么是对仗），哪个句子必须重复哪个句子的哪一部分等，而音韵格式则规定句子中哪些地方应该用平声字或仄声字，哪些句子的末字应该用什么韵等。

我国的古代诗歌可以分成很多不同种类，例如乐府的"歌行"，唐宋以来的"词"等。狭义的"诗"是古代诗歌的一大类，其中重要的一类是唐朝以来的"近体诗"。

"近体诗"中的"近"是指唐代，其格律很严整，所以又称为"格律诗"。格律诗可以分为两类，即"律诗"和"绝句"。律诗押平声韵，通常的律诗长度为八句，其第一句可以押韵也可以不押韵，但其偶数句则都必须押韵，律诗中间的三、四句和五、六句通常要求对仗。比八句更长的律诗称为"排律"，通常要求首两句和末两句之外都应该对仗。

绝句也称为"截句"，它只有四句，通常被认为是从律诗中"截"出来的，它的格律可以从"截"出的律诗句子的格律推得。格律诗通常为五字一句或七字一句，所以有"五言律诗""七言律诗""五言绝句"和"七言绝句"等名称。

作为例子，我们最后介绍两首著名的唐诗，前者是一首五言律诗，后者则是一首七言绝句：

空山新雨后，天气晚来秋。
明月松间照，清泉石上流。
竹喧归浣女，莲动下渔舟。
随意春芳歇，王孙自可留。

——王维《山居秋暝》

黄河远上白云间，一片孤城万仞山。
羌笛何须怨杨柳，春风不度玉门关。

——王之涣《凉州词》

035
八折分丝歌

三百六十九斤丝，出钱四客要分之。

原本皆是八折出，莫教一客少些儿。

题意解释

甲、乙、丙、丁4人共分369斤丝，相继两人之间的分配比例是10∶8，请问他们各分得多少斤丝？

古人解法

记甲所分得的丝为1000份，则乙为甲的80%，为800份；丙为乙的80%，为800×0.8 = 640份；丁为丙的80%，为640×0.8 = 512份。将所有份数相加，共得1000 + 800 + 640 + 512 = 2952份。丝的总数为369斤，所以每1份的重量等于369÷2952斤，即0.125斤。因此，甲分得1000×0.125 = 125斤，乙分得800×0.125 = 100斤，丙分得640×0.125 = 80斤，丁分得512×0.125 = 64斤。

现代解法

解法与前两题没什么不同，我们换个话题，来说一说所谓的"等比数列"的求和公式。

如果一列数共有 n 个，第一个数是1，后一个与前一个的比例等于 q，那么，第二个数就等于 q，第三个数就等于 $q \times q$，第四个数就等于 $q \times q \times q$，依次类推，最后一个数就等于 $\overbrace{q \times q \times \cdots \times q}^{n-1\text{个}}$。我们的目标，是求出这 n 个数的和。

一个数 q 自己乘 k 次被称为 q 的 k 次方，记为 q^k。其中，二次方通常称为“平方”，三次方通常称为“立方”。采用 k 次方的记号，我们要求的和式就是：

$$S = 1 + q + q^2 + \cdots q^{n-1}\text{。}$$

将这个和乘以 q ，我们就得到

$$qS = q(1 + q + q^2 + \cdots q^{n-1}) = q + q^2 + \cdots q^{n-1} + q^n\text{。}$$

与原式相减，得到

$$qS - S = (q + q^2 \cdots q^n) - (1 + q + \cdots q^{n-1}) = q^n - 1\text{。}$$

即

$$(q - 1)S = q^n - 1\text{。}$$

因此，当 q 不等于 1 时，我们就得到

$$S = 1 + q + q^2 + \cdots q^{n-1} = \frac{q^n - 1}{q - 1}\text{。}$$

文史点滴 律句

上回我们说到，格律诗的每句都有自己的音韵格式，符合这种音韵格式的句子叫作“律句”。五言诗的律句总共只有四种，用以前介绍过的平仄记号，它们分别是：

㊀仄平平仄，平平仄仄平；

㊉平平仄仄，㊀仄仄平平。

我们可以这样来记忆：首先，我们把“仄仄平平仄，平平仄仄平；平平平仄仄，仄仄仄平平”当作是“严苛”的五言律句格式；然后，由于每句的第一个字通常不在诵读的重点节奏上，所以第一、三、四句第一个字的平仄允许改变，这样，我们就很方便地记住了上述四个句式。

还有一个更简单的办法，读者只要将王之涣的《登鹳雀楼》用现代读音的平仄标出，就可以发现它几乎就是四个“严苛”的五言律句！

在五言诗的律句前面添加能够丰富全句平仄变化的两个字，就成了七言诗的律句，它们的格式是：

㊉平㊀仄平平仄，㊀仄平平仄仄平；

㊀仄㊉平平仄仄，㊉平㊀仄仄平平。

很显然，大家也可以总结出其他方便的记忆方式。

036
互和折半歌

甲乙丙丁戊，分银一两五。
甲多戊钱三，互和折半与。

题意解释

甲、乙、丙、丁、戊 5 人共分 15 钱白银，已知甲比戊多分 1.3 钱，任何等距离的 3 人之中，首尾 2 人所分白银之和的一半都等于中间 1 人所分的白银之数，请问 5 人各分得多少白银？

古人解法

以甲、乙、丙、丁、戊 5 人记 9 份、7 份、5 份、3 份、1 份，这些份数的总和等于 25。将 15 钱白银除以 25，得到 1 份为 $15 \div 25 = 0.6$ 钱白银。甲与戊的份数之和为 10 份，共 $0.6 \times 10 = 6$ 钱白银，从中减去甲比戊所多的 1.3 钱，得到 4.7 钱，折半，得到 $4.7 \div 2 = 2.35$ 钱，这就是戊所分得的银数。2.35 钱加上 1.3 钱，得到甲所分白银为 3.65 钱。2.35 与 3.65 相加，再折半，就得到丙所分白银之数，也就是说，丙所得为 $(2.35 + 3.65) \div 2 = 3$ 钱白银。相似的，甲与丙所得银数相加之后折半，即得到乙所分白银之数为 $(3.65 + 3) \div 2 = 3.325$ 钱；丙与戊所得银数相加之后折半，得到丁所分白银之数为 $(3 + 2.35) \div 2 = 2.675$ 钱。

现代解法

根据"互和折半"的已知条件，可以推出来甲、乙、丙、丁、戊所分白银之数按某个定数 d 递减。我们说，它们构成 1 个"公差"为 d 的"等差数列"。假设甲所分白银之数为 a，其余 4 人依次分得

$a-d$、$a-2d$、$a-3d$、$a-4d$。根据已知条件，我们得到：

$a-(a-4d)=1.3$，

$a+(a-d)+(a-2d)+(a-3d)+(a-4d)=15$。

即：

$4d=1.3$，

$5a-10d=15$。

由第一个方程，我们得到 $d=1.3\div 4=0.325$，将 $d=0.325$ 代入第二个方程，得到 $5a-3.25=15$，即 $5a=15+3.25=18.25$，所以 $a=18.25\div 5=3.65$，这就是说，甲所分得的白银为 3.65 钱。

其余 4 人依次分得 $a-d$、$a-2d$、$a-3d$、$a-4d$，即分别得到 3.325、3、2.675、2.35 钱白银。

文史点滴 天干·地支

我们已经多次用甲、乙等字代表人名，这些字是所谓的"天干"。天干总共有 10 个，它们依次是：甲、乙、丙、丁、戊、己、庚、辛、壬、癸。相应的，古代还有 12 个所谓的"地支"，它们依次是：子、丑、寅、卯、辰、巳、午、未、申、酉、戌、亥。

10 天干按顺序重复书写 6 次，成为 60 字的一行；12 地支按顺序重复书写 5 次，也成为 60 字的一行。两行按顺序配对，就得到从甲子、乙丑到壬戌、癸亥共 60 个搭配，它们合称一个"甲子"。早在 3000 多年前的商朝，我国就采用"甲子"记日，形成一种 60 进制的记日系统（右图是商代刻有 60 "甲子"的甲骨拓片）。

5000 多年前的古巴比伦也从 10 进制和 12 进制产生出 60 进制。考古学证明，当时存在从中亚到东亚的交流渠道，有人因此猜测，我国的 60 进制有可能是从古巴比伦传入的。不过，这种猜测并没有坚实的证据。

037

西江月·剪羊毛

群羊一百四十，剪毛不惮勤劳，群中有母有羊羔，先剪二羊比较。

大羊剪毛斤二，一十二两羔毛，百五十斤是根苗，子母各该多少？

题意解释

已知 1 只大羊可以剪得 1 斤 2 两羊毛，1 只小羊可以剪得 12 两羊毛。羊的总数为 140 只，剪得的羊毛总重为 150 斤。试问大羊和小羊各有多少只？

古人解法

1 只大羊可剪得 1 斤 2 两，即 18 两羊毛。150 斤换算成两，总共是 150 × 16 = 2400 两。140 只大羊总共可剪得羊毛 18 × 140 = 2520 两，比 2400 两多 120 两。由于 1 只大羊比 1 只小羊多剪 18 − 12 = 6 两羊毛，120 ÷ 6 = 20，所以，只要把 140 只大羊中的 20 只换成小羊，那么所剪得的羊毛总数就恰好等于 150 斤。因此，答案是大羊 120 只，小羊 20 只。

现代解法

设大羊总共有 x 只，则小羊总共有 $(140 - x)$ 只。1 只大羊剪羊毛 18 两，1 只小羊剪羊毛 12 两，所以我们得到：

$$18x + 12 \times (140 - x) = 150 \times 16 = 2400。$$

即

$$18x + 12 \times 140 - 12x = 2400,$$

$(18 - 12) x = 2400 - 12 \times 140 = 720$,

$x = 720 \div (18 - 12) = 120$。

因此，大羊有 120 只，小羊有 140 - 120 = 20 只。

文史点滴 西江月

《西江月》是本书中出现最多的词牌，所以我们现在来做一点简单的介绍。

《西江月》原本是唐朝音乐机构"教坊"的乐曲名，后来演变成词牌。《西江月》是所谓的"双调"，也就是说，它包含音韵格式相同的两段。《西江月》每段 4 句共 25 字，第二句押平声韵，第四句押与第二句相应的仄声韵，具体格式如下：

仄仄平平平仄，平平仄仄平平（韵），平平仄仄仄平平，仄仄平平仄仄（仄声韵）。

仄仄平平平仄，平平仄仄平平（韵），平平仄仄仄平平，仄仄平平仄仄（仄声韵）。

宋朝著名诗人苏轼、黄庭坚等人都写过《西江月》，但写得最好、也最著名的是南宋著名诗人辛弃疾的《西江月·夜行黄沙道中》，全词如下：

明月别枝惊鹊，清风半夜鸣蝉。稻花香里说丰年，听取蛙声一片。

七八个星天外，两三点雨山前。旧时茅店社林边，路转溪桥忽见。

038

二果问价歌

九百九十九文钱，甜果苦果买一千。
甜果九个钱十一，苦果七个四文钱。
试问甜苦果几个？又问各该几个钱？

题意解释

已知甜果每9个价格为11文钱，苦果每7个价格为4文钱。某人花了999文钱，总共买来1000个这两种水果，请问其中甜果、苦果各多少个，购买它们分别用了多少钱？

古人解法

列出以下两行：

9个　　7个　　　1000个
11文　　4文　　　999文

先以左上9个乘以中下4文，9×4=36；再以中上7个乘以左下11文，7×11=77。两个得数以少减多，77-36=41，这是除数。

以中上7个乘以右下999文，7×999=6993；再以中下4文乘以右上1000个，4×1000=4000。两个得数以少减多，6993-4000=2993，这是被除数。

将被除数除以除数，得2993÷41=73。问题中甜果价格是9个11文，将定价中甜果的个数9乘以73，就得到购买的甜果数为73×9=657个；将定价中甜果的价钱11文乘以73，就得到购买甜果所用的钱为73×11=803文。据已知条件做简单减法，即得苦果数为1000-657=343个，购买苦果所用的钱数为999-803=196文。

现代解法

我们可以直接以购买的甜果和苦果的数目为未知数,但为了避免方程中出现分数,我们假设购买的甜果为 $9x$ 个,苦果 $7y$ 个。由已知条件,甜果 9 个 11 文,苦果 7 个 4 文,因而所用的钱分别为 $11x$ 文和 $4y$ 文。因此,我们可以得到:

$$9x + 7y = 1000,$$
$$11x + 4y = 999。$$

将第一个方程乘以 4,第二个方程乘以 7,得

$$(4 \times 9)x + (4 \times 7)y = 4 \times 1000,$$
$$(7 \times 11)x + (7 \times 4)y = 7 \times 999。$$

两式相减,可以消去未知量 y:

$$(7 \times 11 - 4 \times 9)x = 7 \times 999 - 4 \times 1000。$$

因此,

$$x = (7 \times 999 - 4 \times 1000) \div (7 \times 11 - 4 \times 9) = 73。$$

于是,甜果数等于 $9x = 9 \times 73 = 657$ 个,甜果总价钱等于 $11x = 11 \times 73 = 803$ 文。

从上述计算可以看到,古人的算法本质上与用方程求解是一样的。

文史点滴 / 果

"果"是一个非常古老的汉字,在商朝的甲骨文和周朝的青铜器上都出现过。从这个字的古字形可以看出,它表示的就是树上所结的果实。

古代有一本著名的识字书名叫《千字文》,其中有一句是"果珍李柰",它列举的李、柰并不是现在最常见的苹果、香蕉之类的水果,其原因在于:现在流行的水果中很多都是后来从世界各地引进的,例如,苹果的原产地在欧洲和中亚,香蕉原产于南亚热带。当然,我国也有不少原产的水果,橙子和猕猴桃就是两个著名的例子。

039
均舟载盐歌

四千三百五十盐，大小船只要齐肩。
五百盐装三大只，三百盐装四小船。
请问船只多少数？每只船载几引盐？

题意解释

某盐商有 4350 引盐（明代 1 引盐共 300 斤），用同样数目的大、小两种船只装载。每 3 只大船载盐 500 引，每 4 只小船载盐 300 引。试问：他总共用多少只大船和小船？这些船各载多少引盐？

古人解法

列出以下两行：

4 只　　　　300 引
3 只　　　　500 引

先以左下 3 乘以右上 300，3 × 300 = 900；再以左上 4 乘以右下 500，4 × 500 = 2000。两个得数相加，2000 + 900 = 2900，这是除数。

以左上 4 与左下 3 相乘，3 × 4 = 12，再乘以盐的总数，得 12 × 4350 = 52200，这是被除数。

将被除数除以除数，得 52200 ÷ 2900 = 18，这就是大船的（也是小船的）数目。将这个数目乘以 500 再除以 3，得到大船载盐总数为 18 × 500 ÷ 3 = 3000 引，同理，将 18 乘以 300 再除以 4，得到小船载盐总数为 18 × 300 ÷ 4 = 1350 引。

现代解法

设大船总共为 x 只。据题意，小船同样有 x 只，它们总载盐数为

4350 引，所以：

$$\frac{500}{3}x + \frac{300}{4}x = 4350。$$

方程两边同时乘以 12，得

$$(4 \times 500)x + (3 \times 300)x = 12 \times 4350，$$

所以，

$$x = 12 \times 4350 \div (4 \times 500 + 3 \times 300) = 18。$$

原方程左边的两项分别是大船和小船的载盐数，计算过程与古人相同。

文史点滴 数字的平仄

依唐、宋等朝代的读法，即所谓"中古读音"，从一到十这十个数字中只有"三"是读平声，其他九个都是仄声字。而百、千、万三个字中，也只有"千"是平声字。因此，在需要平声数字的地方，诗人没有什么选择：他们要么用"三"和"千"，要么就只能让句子不符合格律。

知道了这一点，我们就能够理解一个有趣的现象：诗歌中"三"出现的次数比其他数字多，而"三千"也成为最为常见的搭配。例如，李白的诗中有"白发三千丈""飞流直下三千尺"，其原因就在于前一句的格律是"仄仄平平仄"，后一句的格律是"⊕平⊕仄平平仄"，李白要在格律为"平平"的地方填写数字，所以他没有选择，只能（硬着头皮）说是"三千"。

040
增钱剥浅歌

邻家有客乱争喧，相见问其所以然。
二百三十六担货，程途远近论船钱。
九十五担六分算，八十五担四分还。
更有五十六担货，二分五厘算为先。
只因剥浅争船价，二两五钱二分添。
请问高明能算士，各人分派免忧煎。

题意解释

赵某、钱某、孙某 3 人总共买货物 236 担，一起雇了一只船来运送这些货物，并商定按各人路程远近分摊雇船费用。赵某的货物共有 95 担，每担船费白银 6 分；钱某的货物共有 85 担，每担船费白银 4 分；孙某的货物共有 56 担，每担船费白银 2.5 分。由于运输途中遇到浅滩，在浅滩河段临时雇用驳船转运，因此增加了 2.52 两白银的运费。现在，这些新增费用要按赵、钱、孙 3 人原先的船费比例分摊，问每人应付多少？

古人解法

先计算原先 3 人所付的船费：赵某应付 95 × 0.06 = 5.7 两白银，钱某应付 85 × 0.04 = 3.4 两白银，孙某应付 56 × 0.025 = 1.4 两白银。3 个数字相加，得到总船费为 5.7 + 3.4 + 1.4 = 10.5 两白银。因此，3 人运输费用的比例数分别为 5.7/10.5, 3.4/10.5, 1.4/10.5。

新增 2.52 两白银转运费用按比例分摊，所以赵、钱、孙 3 人需支付的数额分别为 2.52 × 5.7/10.5 = 1.368 两，2.52 × 3.4/10.5 = 0.816 两，2.52 × 1.4/10.5 = 0.336 两，即分别为 1 两 3 钱 6 分 8 厘、

8钱1分6厘、3钱3分6厘白银。

现代解法

　　与古人算法相同，但通常用列方程的办法求解。此外，对于古人的这种分摊算法，我们是可以提出不同意见的。赵、钱、孙3人运费不同的原因有两个：一是货物多少不同，二是路程远近不同。但是，遭遇浅滩时的转运费用主要是原运输船只和转运船只之间货物搬移的费用，因此，分摊比例的计算应该以货物多少为依据，各家运输路程的远近不应该考虑在内。

文史点滴　均输

　　据文献记载，先秦数学总共分为九个门类，称为"九数"，著名的《九章算术》把当时的数学知识分成九章，其思想就源于更古老的"九数"概念。"均输"是"九数"之一，在《九章算术》中也是独立的一章。

　　古代的百姓需要承担为官府输送物资的任务，这些物资中最主要的是农民向官府缴纳的粮食。从字面上看，"输"是运输、输送，"均"是平均、公平的意思。顾名思义，"均输"是一种数学方法，它处理的是一项任务（比如运输任务）在多个承担实体之间公平分配的数学问题。

　　西汉中期之后，"均输"的意义出现过数次变化。例如，北宋王安石所推行的"均输法"的主旨是"徙贵就贱，用近易远"。简单地说，"用近易远"是从距离较近而交通便利的地区采买物资的措施，而"徙贵就贱"的意思是：不一成不变地向所有地区征收实物赋税，对因灾歉收导致物价高涨的地区，政府采用将赋税折成货币，然后用这些货币到丰收的地区贱价购买实物的政策，以达到减轻民众负担的目的。

041
笔套取齐歌

八万三千短竹竿，将来要把笔头安。
管三套五为期定，问君多少配成完？

题意解释

某人共有 83000 根短竹竿，每根可以做成 3 支笔管，也可以做成 5 个笔帽。请问这些短竹竿中应该用多少根制作笔管，多少根制作笔帽，才能使笔管和笔帽的数量相等？

古人解法

以 3 和 5 相加，得 8，用作除数。83000 除以 8，得 83000 ÷ 8 = 10375。再以 3 和 5 相乘，得 15，用作乘数。以前所得 10375 为被乘数，得 10375 × 15 = 155625。以上述得数为被除数，除以 3，得用来制作笔管的短竹竿共有 155625 ÷ 3 = 51875 根；除以 5，得用来制作笔帽的短竹竿共有 155625 ÷ 5 = 31125 根。

这个算法的思想是这样的：5 根短竹竿可以做成 3 × 5 = 15 支笔管，3 根短竹竿也可以做成 5 × 3 = 15 个笔帽。因此，把短竹竿分成 3 + 5 = 8 份，其中 5 份用来制作笔管，3 份用来制作笔帽，则笔管与笔帽的数量相等。所以，应该先计算 83000 ÷ 8 = 10375，即每份短竹竿为 10375 根。从这个分析可以发现，古人原解题方法做了些不必要的计算，事实上只要直接计算 10375 × 5 = 51875，10375 × 3 = 31125 就可以了。

现代解法

做法本质上相同，但现代人列方程求解，清楚地说明了古人每

一步计算的意思：设用来做笔管的短竹竿共有 x 根，用来做笔帽的短竹竿共有 y 根，则

$3x = 5y$，

$x + y = 83000$。

第二个方程两边同时乘以 5，则

$5x + 5y = 5 \times 83000$。

根据第一个方程，我们可以用 $3x$ 代替这个方程中的 $5y$，从而得到：

$5x + 3x = 5 \times 83000$。

因此，

$x = 5 \times 83000 \div (3 + 5) = 5 \times 10375 = 51875$。

文史点滴 / 拗·救

我们说过，数字中只有"三"和"千"是平声字，为了照顾平仄，李白可以硬说白发有"三千丈"，飞流有"三千尺"，但本书中的诗歌是数学诗，其中的数字并不能随意改换。因此，本书这些数学诗歌中存在不少不符合格律的诗句。

如果一个诗句不符合格律，那么它就被称为"拗句"。出现"拗"的情况怎么办呢？一个办法是不管它，就让它"拗"，让它不符合格律。另一个办法是"救"，即在出现"拗"的情况下，改变诗歌中其他位置上的平仄，使得诗句读起来仍然比较和谐、悦耳。

"拗救"有很多种，说起来很有些复杂，所以我们不去细说。需要指出的是，由于本书中的诗句到处都是不能随便改换的数字，所以"救"这些诗中的"拗"是很困难的，因而写这些数学诗的古人经常放任"拗"句的存在，这是无可奈何的事，我们不能盲目地认为这些诗中的句子都符合格律。

042

金球问积歌

有个金球里面空，球高尺二厚三分。
一寸自方十六两，试问金球多少金？

题意解释

有1个空心金球，它的直径为12寸，厚度为0.3寸。已知1立方寸的黄金重量为16两，问这个空心金球的重量是多少？

古人解法

空心球的厚度就是内、外半径之差，因此，内、外直径之差为 $0.3 \times 2 = 0.6$ 寸，故内直径为 $12 - 0.6 = 11.4$ 寸。以12寸为边长的正方体体积等于 $12 \times 12 \times 12 = 1728$ 立方寸，以11.4寸为边长的正方体体积等于 $11.4 \times 11.4 \times 11.4 = 1481.544$ 立方寸。两数相减，得数为 $1728 - 1481.544 = 246.456$ 立方寸。将这个数乘以9/16，即 $246.456 \times 9/16$，就是空心球的体积。1立方寸黄金重16两，所以，空心球的重量等于 $246.456 \times 9/16 \times 16 = 2218.104$ 两，以1斤等于16两计算，得到138斤又10.104两，所以空心金球的重量为138斤10两1钱0分4厘。

现代解法

现代解法与古代解法的不同之处在于球的体积公式。不难看出，古人的解法相当于对直径为 D 的球体使用这样的球体公式：

$$V = \frac{9}{16}D^3 。$$

这是一个来自东汉张衡的非常不精确的公式。已经学过球体积

公式的读者知道，半径为 R 的球体的体积为

$$V = \frac{4\pi}{3} R^3。$$

直径等于半径的两倍，所以这个公式可以写成：

$$V = \frac{4\pi}{3}\left(\frac{D}{2}\right)^3 = \frac{\pi}{6} D^3。$$

这就是说，上述古人解法相当于把 $\frac{9}{16} \times 6 = 3.375$ 作为圆周率 π 的近似值，这实在是太粗糙了。

按照正确的公式计算，这个空心球的重量大约是 129.044 斤，即大约为 129 斤 7 两 0 钱 5 分。

文史点滴／金的密度

明朝和清朝都把 1 立方寸黄金的重量定为 16 两（即 1 斤），由于清朝留下了度量衡的标准器，所以我们可以推算出清朝"标准黄金"的密度。

清朝 1 寸大约等于 3.2 厘米，1 斤大约等于 596.8 克。所以，1 立方寸的体积等于 $3.2^3 = 32.768$ 立方厘米。计算 596.8 ÷ 32.768，得数约 18.21。这就是说，清朝"标准黄金"的密度为每立方厘米 18.21 克。

现代物理学告诉我们，在室温为摄氏 20 度的条件下，纯金的密度大约为每立方厘米 19.32 克。因此，清朝的"标准金"显然不是纯金。如果这种"标准黄金"是金银合金的话，那么其中纯金的含量约为 87.4%，相当于 21K 金。

043

西江月·元宵灯

帝城三五元宵，鳌山两样灯球，都来一秤三斤油，七两又来添凑。

三两分为四盏，四两分作三瓯，三停盏于二停瓯，请问先生知否？

题意解释

首都的元宵灯会上，官方布置了瓯和盏两种油灯，总共用油 18 斤 7 两。已知每 4 只盏用油 3 两，每 3 个瓯用油 4 两，而且盏与瓯数量的比例为 3∶2。请问总共有多少只盏？多少个瓯？它们分别总共用多少油？

古人解法

我们知道，1 斤为 16 两，所以 18 斤等于 18 × 16 = 288 两。加上 7 两，总用油量为 288 + 7 = 295 两。1 两等于 24 铢，以铢计算的话，总用油量为 295 × 24 = 7080 铢。

以铢计算，3 两等于 3 × 24 = 72 铢，除以 4，得每只盏用油 72 ÷ 4 = 18 铢。相似的，4 × 24 = 96，96 ÷ 3 = 32，所以每个瓯用油 32 铢。

根据已知条件，将灯的总数分作 5 份的话，则盏数为 3 份，瓯数为 2 份。3 只盏的用油量为 18 × 3 = 54 铢，2 个瓯的用油量为 32 × 2 = 64 铢。因此，盏与瓯用油量的比例为 54∶64。54 + 64 = 118，因而所有盏的用油量为总用油量的 54/118，即 54/118 × 7080 = 3240 铢。相似的，瓯的用油总量为 64/118 × 7080 = 3840 铢。

每只盏用油 18 铢，所以共有盏 3240 ÷ 18 = 180 只；每个瓯用油 32 铢，所以共有瓯 3840 ÷ 32 = 120 个。我们前面已经计算出瓯的总用油量为3840铢，将3840除以24，再除以16，就得到瓯总用油量的斤数：3840 ÷ 24 = 160两，160 ÷ 16 = 10斤。从两种灯的总用油量中减去这个数值，得到盏的总用油量为8斤7两。

现代解法

上述古代解法在计算中用铢为重量单位，其目的是尽量避免分数或小数。现代人用列方程的办法计算：

设总共有瓯 x 个，盏 y 只。由于每个瓯用油4/3两，每只盏用油3/4两，两种灯的总用油量为 $18 \times 16 + 7 = 295$ 两，所以我们得到

$$\frac{4}{3}x + \frac{3}{4}y = 295。$$

由已知条件，盏与瓯数量的比例为3∶2，所以我们得到

$$y \div x = 3 \div 2,$$

即

$$y = \frac{3}{2}x。$$

代入第一个方程，得

$$\frac{4}{3}x + \frac{3}{4} \times \frac{3}{2}x = 295。$$

两边同时乘以24，可以去掉方程中的分母：

$$\left(\frac{4}{3}x + \frac{9}{8}x\right) \times 24 = 295 \times 24,$$

即

$$32x + 27x = 7080。$$

所以，

$$x = 7080 \div (32 + 27) = 120,$$

即总共有瓯120个，而所有瓯的总用油量则为 $120 \times \frac{4}{3} = 160$ 两，也就是10斤。根据这些结果，很容易计算出盏的总数为 $120 \times \frac{3}{2} = 180$ 只，其总用油量为18斤7两减去10斤，即8斤7两。

044

以碗知僧歌

巍巍古寺在山中，不知寺内几多僧。
三百六十四只碗，恰合用尽不差争。
三人共餐一碗饭，四人共尝一碗羹。
请问先生能算者，都来寺内几多僧？

题意解释

山中有一座古寺，寺中共有 364 只碗，当和尚们吃饭时，如果每 3 人共用 1 只碗盛饭，每 4 人共用 1 只碗盛羹，那么所有的碗恰好全部用完。请问：古寺中总共有多少名和尚？盛饭的碗和盛羹的碗各有多少只？

古人解法

由每 3 人共用 1 只碗盛饭，每 4 人共用 1 只碗盛羹，将 3 与 4 相乘，得 3 × 4 = 12。将得数 12 与碗的总数 364 相乘，得 12 × 364 = 4368。以这个得数为被除数。将 3 与 4 相加，得 3 + 4 = 7，以这个数为除数。两数相除，

4368 ÷ 7 = 624，

这就是古寺中和尚的总数。将和尚总数除以 3，得到用来盛饭的碗的总数为 624 ÷ 3 = 208 只，将和尚总数除以 4，得到用来盛羹的碗的总数为 624 ÷ 4 = 156 只。

现代解法

设和尚总数为 x 人，则盛饭的碗共有 $x/3$ 只，盛羹的碗共有 $x/4$ 只，所以

$x/3 + x/4 = 364$。

等式两边同时乘以 12，可以去掉等式中的分母：

$(x/3 + x/4) \times 12 = 364 \times 12$。

即

$4x + 3x = 364 \times 12 = 4368$。

所以，

$x = 4368 \div (4 + 3) = 4368 \div 7 = 624$，

因此，盛饭的碗总数为 624 ÷ 3 = 208 只，盛羹的碗总数为 624 ÷ 4 = 156 只。

文史点滴 / 僧·和尚

佛教产生于古印度，大约在汉朝传入我国，在南北朝时期得到广泛的传播，此后逐渐成为我国最主要的宗教之一。唐朝以后，佛教在我国民间极为流行，"劝善"名言大都以佛教为包装，五台山、普陀山、峨眉山、九华山等名山都成为佛教圣地，形成"世间好语佛说尽，天下名山僧占多"的局面。

随着佛教的传播，佛教术语也成为汉语的重要部分，其中"僧""和尚""比丘""沙弥""行者"是指称佛门弟子的几个重要名词。

"僧"是梵文 Samgha 的音译"僧伽"的略称，指的是出家修行的男性佛教弟子。"和尚"事实上源于西域语言的音译，它的本义为"师长"，是对有一定修为的僧人的敬称，但后来通常被用作"僧"的同义词。

"比丘"和"沙弥"也都是外语的音译，我国民间通常用它们分别指成年与未成年的佛教徒，相当于"和尚"与"小和尚"。

在我国古代，想当和尚的人需要先到寺院中做勤杂工，这些人被称为"行者"。他们在服役中接受考察，既不需要剃发受戒，也不算是"和尚"。孙悟空是文学作品中最著名的"行者"，严格地说，他与猪八戒和沙和尚不一样，他只是一名行者，并没有完全跨入佛门。

045

河边洗碗歌

妇人洗碗在河滨,试问家中客几人?
答曰不知人数目,六十五碗自分明。
二人共餐一碗饭,三人共吃一碗羹。
四人共肉无余数,请问布算莫差争。

题意解释

某家请客共用碗 65 只,每 2 位客人共用 1 只碗盛饭,每 3 位客人共用 1 只碗盛羹,每 4 位客人共用 1 只碗盛肉。请问客人总共有几位?

古人解法

将 2 位、3 位、4 位相乘,得 2 × 3 × 4 = 24。将这个数与碗的总数相乘,得 24 × 65 = 1560,将这个数用作被除数。

将 2 位、3 位、4 位两两相乘,然后相加,得到
2 × 3 + 3 × 4 + 2 × 4 = 6 + 12 + 8 = 26,
将这个数用作除数。

两数相除,得 1560 ÷ 26 = 60,这就是客人的总数。(如果想要计算用来盛饭、盛羹、盛肉的碗的数目,只要将客人总数 60 分别除以 2、3、4 即可。)

现代解法

假设客人的总数为 x 人,则用来盛饭、盛羹、盛肉的碗的数目分别为 $x/2$、$x/3$、$x/4$。由于总共用了 65 只碗,所以我们可以列出如下方程:

$x/2 + x/3 + x/4 = 65$。

方程两边同时乘以 12，可以去掉方程中的分母：

$(x/2 + x/3 + x/4) \times 12 = 65 \times 12$，

即

$6x + 4x + 3x = 65 \times 12 = 780$。

所以

$x = 780 \div (6 + 4 + 3) = 780 \div 13 = 60$，

即客人总共有 60 人。

文史点滴　羹·肉

"羹"在我国已有数千年的历史，它是一种黏稠的浓汤，主要用料是水、菜、肉和芡粉。然而，古代平民的生活并不富足，所以古人现实生活中的"羹"通常只有菜而没有肉，这正是本算题中"羹"与"肉"对举的原因所在。事实上，"肉"与"菜羹"之间的差别是古人生活境况好坏的象征。古书中有这样一个有趣的典故：北宋的苏轼与父亲苏洵、弟弟苏辙的散文都写得非常好，他们合称"三苏"，在后人所列举的"唐宋八大家"中占据了三个席位。在三苏去世之后不久，他们的散文风格就在南宋倍受追捧，文章风格与之接近就容易在科举考试中取得胜利，因此出现了"苏文熟，吃羊肉；苏文生，吃菜羹"的谚语。

046

书生分卷歌

《毛诗》《春秋》《周易》书，九十四册共无余。

《毛诗》一册三人共，《春秋》一本四人呼。

《周易》五人读一本，要分每样几多书？

就见学生多少数，请君布算莫踌躇。

题意解释

某书院的学生分成人数相同的3组，分别学习《毛诗》《春秋》和《周易》。书院人多书少，书的总数只有94本，其中《毛诗》每3人共用1本，《春秋》每4人共用1本，《周易》每5人共用1本。请问总共有多少学生？每种书各有多少本？

古人解法

将3人、4人、5人两两相乘，然后相加，得

$3 \times 4 + 3 \times 5 + 4 \times 5 = 12 + 15 + 20 = 47$，

将这个数用作除数。

将3人、4人、5人3个数相乘，得 $3 \times 4 \times 5 = 60$，再将这个数乘以书本总数，得 $60 \times 94 = 5640$，将这个数用作被除数。

两数相除，得 $5640 \div 47 = 120$，这就是每组学生的人数。学生共有3组，因此学生总数 $120 \times 3 = 360$ 人。以每组学生的人数分别除以3、4、5，得到《毛诗》《春秋》和《周易》的数量分别为40本、30本和24本。

现代解法

用列方程的办法：假设每组学生的人数为 x，则《毛诗》《春

秋》和《周易》的册数分别为 $x/3$、$x/4$、$x/5$。因此，我们得到

$x/3 + x/4 + x/5 = 94$。

参考上一个算题，读者显然可以自己求出这个方程的解，所以我们在这里略去求解过程。

古书中原题的第三句是"《毛诗》二册三人共"，但解法根据的条件却是"一册三人共"，所以我们把原题中的"二册"改为"一册"。需要指出的是：如果题目是"二册三人共"，那么古人的解法需要变通，变得复杂而不易理解，而现代解法则没有任何问题，需要改变的只是方程中的一个系数。

文史点滴 五经·科举

说起儒家经典，人们通常会提到"四书五经"。我们前面说过，"四书"是《孟子》《论语》《大学》《中庸》的合称，这个合称起源于宋朝，而"四书"则是宋朝以后科举考试的命题依据。

与"四书"不同，"五经"合称的起源要早很多。古时候儒家重视的是"六经"，它们是《诗经》《尚书》《仪礼》《乐经》《春秋》《周易》。由于《乐经》失传，因此汉代把剩余的五种儒家经典合称"五经"。

后来的学者又陆续把一些其他著作奉为儒家经典，因此"经"的数目逐渐增加，到南宋时定型为"十三经"，即《诗经》《尚书》《周礼》《仪礼》《礼记》《易经》《春秋左氏传》《春秋公羊传》《春秋穀梁传》《论语》《尔雅》《孝经》《孟子》这十三部著作。

047
僧分馒头歌

一百馒头一百僧，大和三个更无争。
小和三人分一个，大小和尚得几丁？

题意解释

某寺分馒头的标准是：成年大和尚每人分 3 个馒头，未成年小和尚每 3 人分 1 个。已知 100 个馒头恰好分给了 100 个和尚，请问大和尚、小和尚各有多少人？他们各总共分得多少个馒头？

古人解法

将 3 个馒头、1 个馒头相加，得数为 4，用这个数除和尚总数 100，得大和尚人数为 $100 \div 4 = 25$，他们每人分得 3 个馒头，所以大和尚总共分得 $25 \times 3 = 75$ 个馒头。于是，通过减法就可以得到：小和尚人数为 $100 - 25 = 75$，他们总共分得 $100 - 75 = 25$ 个馒头。

现代解法

列方程求解。假设大和尚人数为 x，则小和尚人数为 $100 - x$。按照馒头的分配标准，大和尚总共分得 $3x$ 个馒头，小和尚总共分得 $(100 - x)/3$ 个馒头，因此

$3x + (100 - x)/3 = 100$。

上述方程两边同时乘以 3，则得到

$3 \times 3x + (100 - x) = 3 \times 100$，

即

$9x + 100 - x = 300$，
$(9 - 1)x = 300 - 100 = 200$。

所以，$x = 200 \div 8 = 25$。

大和尚的人数为 25，小和尚的人数自然是 75，而大和尚与小和尚所分得的馒头总数自然也不在话下。

文史点滴 佛教

佛教创立于 2500 多年前，是世界三大宗教之一，其创立者是古印度迦毗罗卫国（在今尼泊尔境内）王子乔达摩·悉达多，后来通常称为"释迦牟尼"。"佛"的意思是"觉者"，本意是"发现生命和宇宙的真相"的人。

传入中国的佛教有多个不同派别，它们通常被分成"小乘佛教"与"大乘佛教"两大类。其中，小乘佛教注重自我完善与解脱，大乘佛教则以把天下众生救出"苦海"，度到"彼岸"为宗旨。

大乘佛教在我国蓬勃发展，并经由我国传入朝鲜、日本和越南等周边各国，形成全世界最主要的佛教区域。随着时间的推移，我国的佛教出现多个不同的宗派，最著名的是"禅宗"和"净土宗"两个宗派。其中，禅宗主张顿悟，不拘泥于具体的修行；净土宗以"往生西方极乐净土"为目标，以念佛（如"阿弥陀佛"）为其最主要的特征。

佛教的传入对我国传统文化产生了极为重大的影响，除了"禅"等佛教思想之外，在建筑（如寺、塔、雕塑）、文学（如佛经、晋唐小说等）、绘画和音乐等方面都影响巨大。在语言学方面，我国从外来佛教高僧那里第一次接触到"拼音"的思想，而世界、实际、平等、觉悟和意识等则都是因为翻译佛教经典而产生的词语。

048

官军分布歌

一千官、军一千布，一官四匹无零数。
四军才分布一匹，请问官、军多少数？

题意解释

明朝某部队分发布匹，每1名军官分得4匹布，每4名士兵共分1匹布。已知1000名官兵总共分得1000匹布，请问军官、士兵各有多少人？他们各总共分得多少匹布？

古人解法

与上一题解法相同：4匹、1匹相加，得数为5，以1000人除以5，得到军官的人数为 $1000 \div 5 = 200$。其他各数也与上一题一样计算，此处略去。

现代解法

解法与上一题的现代解法相同，细节省略。需要指出的是，现代的列方程解法对各种人数、物数和分配方案都一样适用，但上述古代解法是有特殊性的，它只适用于人数与物数相等，且分配方案为一类人每人所分数量为 B、另一类人每人所分数量为 $1/B$ 的特殊情形。

我们用现代的方法来考察一下上述古代解法。假设有甲、乙两类人，他们一起瓜分某物，总人数与总物数都等于 A，甲类人每一人分得 B 物，乙类人则每 B 人分得一物。那么，假设甲类共有 x 人，乙类共有 y 人，则

$x + y = A$，

$Bx + y/B = A$。

第二个方程两边同时乘以 B，得到

$B^2 x + y = B \times A$，

与第一个方程相减，得到

$B^2 x + y - (x + y) = B \times A - A$，

即　$(B^2 - 1) x = (B - 1) \times A$。

由于 $(B^2 - 1) = (B - 1) \times (B + 1)$，所以

$x = (B - 1) \times A \div (B^2 - 1) = A \div (B + 1)$。

这，就是古人算法正确的原因。

文史点滴 / 兵役制度

我国古代的兵役制度随时代变化而变化，各朝代互不相同，同一个朝代不同时期也往往不同，即便同一时期也往往同时实行不同的兵役制度。

西周到春秋时期的兵制基本上是兵农合一制，各诸侯直接统治下的民众平时是农民，战时则充当士兵。当时军队规模小，兵器则集中管理，临战分发。

战国时期战争频繁，根据战争需要按户籍抽取成年男子（壮丁）参军的征兵制成为必然。此外，当时有些国家还采用谪发制，也就是将罪人编入军队的制度。

汉朝的"更"法是征兵制，汉武帝发动许多战争，也实行谪发制和用"钱谷"招募士兵的募兵制。南北朝时的西魏实行府兵制，所谓"府兵"就是终身制的职业军人。

明朝实行卫所制，卫和所都是世袭的职业军人集团。一个卫的编制为5600人，一个千户所的编制为1112人，一个百户所则为112人。

《木兰诗》中花木兰自费购买战马和马鞍，反映了征兵制下士兵通常需要自备军械的事实。唐末、五代时期的军阀为了防止士兵逃跑，往往在士兵脸上刺字，这种做法在宋朝变成"刺配"制度，也意外地使文身成为风尚。《水浒传》中的鲁智深、燕青等许多好汉都有文身，而"岳母刺字"其实也是宋朝文身风气的反映。

049
千文买鸡歌

今有千文买百鸡，五十雄价不差池。
草鸡每个三十足，小者十文三个知。

题意解释

公鸡的售价是每只 50 文钱，母鸡的售价是每只 30 文钱，小鸡的售价是每 3 只 10 文钱，某人花 1000 文钱买了 100 只鸡，请问其中公鸡、母鸡、小鸡各有多少只？

古人解法

以鸡的总数 100 为被除数，将题目中公鸡、母鸡的 1 只乘以 3，各得到 3，再加上小鸡的 3 只，3 种鸡总共得到 9。以得数 9 为除数，计算 100 除以 9，不能除尽，得到商数 11、余数 1。整数商 11 就是母鸡的数目，而将除数 9 减去余数 1，9 - 1 = 8，得到公鸡的数目为 8 只。最后做减法：100 - 11 - 8 = 81，得到小鸡的数目为 81 只。

早在公元 5 世纪，北魏数学家张邱建就已经指出，只要将公鸡增加 4 只，母鸡减去 7 只，小鸡增加 3 只，就可以得到另一个答案。因此，公鸡 12 只（8+4）、母鸡 4 只（11-7）、小鸡 84 只（81+3）是另一组答案；公鸡 4 只（8-4）、母鸡 18 只（11+7）、小鸡 78 只（81-3）是第三组答案。

现代解法

假设买来的 100 只鸡中公鸡有 x 只，母鸡有 y 只，小鸡有 z 只，则

$x + y + z = 100$（鸡的总数为 100 只），

$$50x + 30y + \frac{10}{3}z = 1000（鸡的总价为1000文）。$$

第二个方程两边同时乘以3，可以去掉方程中的分母：

$$3 \times 50x + 3 \times 30y + 10z = 3 \times 1000，$$

为了数字简单，我们可以从上述方程中约去10，得到

$$15x + 9y + z = 300，$$

与第一个方程相减，可以消去未知数z：

$$(15 - 1)x + (9 - 1)y = 300 - 100。$$

至此，我们得到$14x + 8y = 200$，但是所有表示相等的已知条件都已经用完。因此，为了求出答案，我们需要应用其他条件，而这些条件就是：公鸡、母鸡、小鸡的数目都是正整数。

将方程$14x + 8y = 200$各项约去公因数2，相等关系仍然不变，于是我们得到

$$7x + 4y = 100。$$

两边同时减去$7x$，得到

$$4y = 100 - 7x。$$

由于母鸡的数目是正整数，而100是4的倍数，所以$7x$也必须是4的倍数。于是，$7x$必须是28的倍数，并且必须小于100。因此，$7x$只能等于28、56或84，即x只能等于4、8或12。将这些x分别代入方程，我们就得到所有三组解：

$$x = 4，y = 18，z = 78，$$
$$x = 8，y = 11，z = 81，$$
$$x = 12，y = 4，z = 84。$$

文史点滴 不定方程

只有一个未知量时，用一个方程就可以求出未知量，而两个未知量则需要两个方程才能求出答案。本题中有3个未知量，但方程却只有两个。这种问题的方程数目不够，所以它们被称为"不定方程"。不定方程需要用额外的条件才能求出答案，而且答案也往往不只一个。

本题出自公元5世纪的《张邱建算经》，所以古人的解法才会提到张邱建。有意思的是，几年前湖南的岳麓书院得到一批秦朝的竹简，其中就有一道不定方程算题，可惜它的解法是错误的。

050

水仙子·观灯

元宵十五闹纵横，来往观灯街上行。我见灯上下，红光映，绕三遭，数不真。

从头儿三数无零，五数时四颐不尽，七数时六盏不停。端的是、几盏明灯？

题意解释

元宵节街上布置了很多灯，3盏一组计数的话正好数完；5盏一组计数的话，最后一组只有4盏；7盏一组计数的话，最后一组只有6盏。请问灯的总数是多少盏？

古人解法

设定灯的初始数目为0。3盏一组计数的结果是没有剩余，所以不用添加任何数目。5盏一组计数剩下4盏，每剩下1盏需要添加21盏，所以灯的总数需要加上 $4 \times 21 = 84$。7盏一组计数剩下6盏，每剩下1盏需要添加15盏，所以灯的总数需要加上 $6 \times 15 = 90$。至此，我们得到的灯的总数等于 $84 + 90 = 174$。由于105是3、5、7的最小公倍数，所以我们从得数174中减去105，$174 - 105 = 69$，所得的69就是灯的总数。

现代解法

假设灯的总数为 x 盏，根据已知条件，x 除以3的余数等于零，除以5的余数等于4，除以7的余数等于6。

很明显，"x 除以7的余数等于6" 这一事实等同于 "对于除以7的运算，x 与6的余数相同"。现代数学的术语 "同余" 的意思就是余数相同，因此我们说 "x 与6对模7同余"，写成

$x \equiv 6 \pmod 7$。

因此，本题的已知条件是三个同余方程：

$x \equiv 0 \pmod 3$，

$x \equiv 4 \pmod 5$，

$x \equiv 6 \pmod 7$，

算题就是一个同余方程组的求解问题。如果所有除数像本题的3、5、7那样没有任何公因数，那么解法并不算复杂。

由于70是5和7的倍数，并且除以3的余数为1；21是3和7的倍数，并且除以5的余数为1；15是3和5的倍数，并且除以7的余数为1；因此，很容易验证，对于问题

$x \equiv a \pmod 3$，

$x \equiv b \pmod 5$，

$x \equiv c \pmod 7$，

$70a + 21b + 15c$就是符合已知条件的一个解。由于105是3、5、7的最小公倍数，上述答案加上或减去105的倍数，得到的数值也都符合已知条件。

对本题而言，$70a + 21b + 15c = 70 \times 0 + 21 \times 4 + 15 \times 6 = 174$，因此$174 - 105 = 69$是最小的正整数解，而174，$174 + 105 = 279$等也都是符合已知条件的解。

值得一提的是，这样的算题最早见于1500多年前的《孙子算经》，相应的定理在国际上被称为"中国剩余定理"。

文史点滴 元曲·小令

读书人在元朝的社会地位很低，他们融入民间，其文学创作使"元曲"成为元朝的主要文艺形式。元曲包括构成完整戏剧作品的杂剧和所谓的"散曲"。在散曲中，字数不超过58字的被称为"小令"。

本题《水仙子》就是一个小令的曲牌，其中最著名的是张鸣善的《水仙子·讥时》，它代表着元朝读书人对统治阶级的典型看法：

铺眉苫眼早三公，裸袖揎拳享万钟。胡言乱语成时用，大纲来都是烘。　说英雄谁是英雄？五眼鸡岐山鸣凤。两头蛇南阳卧龙，三脚猫渭水飞熊。

051

直田长阔歌

直田七亩半，忘了长和短。
记得立契时，长阔争一半。
今特问高明，此法如何算？

题意解释

一块长方形的田地，其面积等于 7.5 亩，宽等于长的一半，问它的长和宽分别是多少？

古人解法

1 亩等于 240 平方步，因此，7.5 亩等于 7.5 × 240 = 1800 平方步。由于宽是长的一半，所以将 1800 折半，得到以宽为边长的正方形的面积为 1800 ÷ 2 = 900 平方步。900 的开平方等于 30，因此这块田地的宽等于 30 步，长等于宽的两倍，即 60 步。

现代解法

设田地的长为 x 步，则它的宽为 $x/2$ 步。长方形的面积等于长乘以宽，1 亩等于 240 平方步，所以我们得到：

$x \times x/2 = 7.5 \times 240$（平方步），

即

$x^2/2 = 1800$，

$x^2 = 1800 \times 2 = 3600$。

所以

$x = \sqrt{3600} = 60$，

即田地的长等于 60 步。60 ÷ 2 = 30，所以田地的宽等于 30 步。

文史点滴 契·地契

"契"的字形表示的是用刻刀在木头上刻画记号或文字,所以它作为动词的本义是"刻",作为名词的早期意思则近于"字据"。上古时期的兵符及其他重要信物经常刻在铜、铁或木块上并分成两半,约定的双方各持一半,以两半能够密切拼合为取信方式。因此,"契"在"契约"之外,又有"符合""投合"的意思。在民间,土地与房屋的买卖是最重大的交易,因此,"地契"和"房契"长期以来都是最重要的契约。

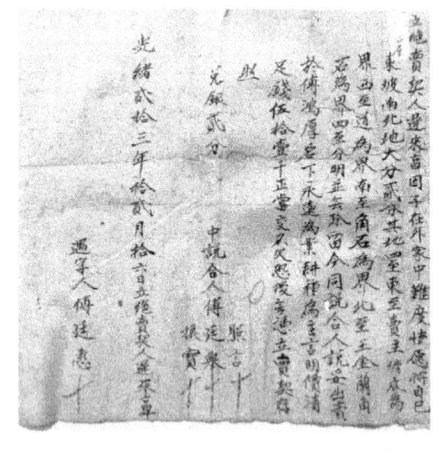

有意思的是,我国的一些百姓会为逝者在"阴间"购买房屋或田地。不仅秦汉时期就有所谓的"买地券",在21世纪初的部分农村依然如此——编者的一位堂叔公在2006年去世,他的亲人仍然为他准备了阴间的房产(如下图)。

052
西江月·方中有圆

今有方田一段，中间有个圆池，步量田池可耕犁，十亩无零在记。

方至池边有数，每边十步无疑，外方、池径果能知，到处芳名说你。

题意解释

有一块正方形的田地，它的正中间有一个圆形水池。正方形每边与池边的距离都是 10 步，而田地实际面积恰好是 10 亩。请问，正方形的边长和圆形水池的直径分别是多少步？

古人解法

每亩等于 240 平方步，所以 10 亩等于 2400 平方步。以正方形边与池边的距离 10 步与自己相乘，得 10 × 10 = 100 平方步。将这个得数乘以 3，得到 300 平方步。与 10 亩换算所得 2400 平方步相加，得 300 + 2400 = 2700 平方步。以这个数为一个长方形的面积。

以正方形边与池边的距离 10 步乘以 6，得 60 步，用作前面所说长方形的长与宽之差。已知长方形面积为 2700 平方步，长与宽之差为 60 步，所以我们可以用"带纵较开平方法"，计算出这个长方形的宽为 30 步，长为 90 步。这个宽的 2 倍为 30 × 2 = 60 步，它就是正方形田地的边长。

正方形每边与池边的距离都是 10 步，所以，正方形边长减去 20 步，就得到圆形水池的直径为 60 - 20 = 40 步。

现代解法

为了解释古人的解法，我们假设正方形田地的边长为 $2x$ 步，则

圆形水池的直径为 $2x-20$ 步。由于正方形的面积等于边长的平方，圆的面积等于圆周率乘以半径的平方，而正方形面积与圆面积的差等于 10 亩，即等于 2400 平方步，因此我们得到：

$$(2x)^2 - \pi \times \left(\frac{2x-20}{2}\right)^2 = 2400,$$

即

$$4x^2 - \pi \times (x-10)^2 = 2400。$$

根据完全平方公式，

$$(x-10)^2 = x^2 - 20x + 100,$$

所以，

$$4x^2 - \pi \times (x^2 - 20x + 100) = 2400,$$

即

$$4x^2 - \pi x^2 + 20\pi x - 100\pi = 2400,$$
$$(4-\pi)x^2 + 20\pi x - (2400 + 100\pi) = 0。$$

这就是说，我们得到一个关于未知数 x 的一元二次方程。求解这个方程，我们就可以得到正方形田地的边长 $2x$，从而得到圆形水池的直径。

古人在丈量田地时不要求很精确，他们往往取 $\pi \approx 3$，如果按照古人这种近似做法，我们得到的方程就变成：

$$x^2 + 60x - 2700 = 0。$$

它可以写成

$$x(x+60) = 2700,$$

这就是古人做法中那个长方形面积的等式。

用一元二次方程的求根公式，可以得到这个方程值为正数的解为 $x=30$，故正方形田地的边长为 60 步。我们很容易发现，如果不做上述近似，那么方程的解将会是一个相当复杂的数。

文史点滴　启方·避讳

"开方"这一数学术语原来称为"启方"。然而，古代礼法规定人们必须"避讳"，即不能使用尊长的名字。由于汉景帝名叫"刘启"，"启方"因此被改成"开方"，并一直为后世所沿用。

053
西江月·圆中有方

今有圆田一段，中间有个方池，丈量田地待耕犁，恰好三分在记。

池面至周有数，每边三步无疑，内方、圆径若能知，堪作算中第一。

题意解释

有一块圆形耕地，中间有一个正方形水池。正方形每边与圆周的距离都是3步，而田地的实际面积为0.3亩。问正方形的边长和圆形的直径分别是多少步？

古人解法

1亩等于240平方步，所以0.3亩等于 $0.3 \times 240 = 72$ 平方步。正方形每边与圆周的距离为3步，所以圆的直径与正方形边长的差等于6步，将72平方步除以6步，得到 $72 \div 6 = 12$ 步，这就是圆形田地的直径。减去6步，得到正方形水池的边长为6步。

程大位在《算法统宗》中还给出了另外两种解法，其中一种与上述解法同样以3为圆周率的近似值，另一种则存在严重的计算错误，我们认为没有必要介绍这些算法，所以都略而不论。

现代解法

设圆形田地的直径为 $2x$ 步，则正方形水池的边长为 $2x-6$ 步。圆形与正方形面积之差等于72平方步，所以：

$$\pi x^2 - (2x-6)^2 = 72,$$

即

$$\pi x^2 - (4x^2 - 24x + 36) = 72,$$
$$\pi x^2 - 4x^2 + 24x - 36 = 72,$$
$$(\pi - 4)x^2 + 24x - 108 = 0。$$

方程两边同时乘以 -1，得
$$(4 - \pi)x^2 - 24x + 108 = 0。$$

用一元二次方程的求根公式，可以得到：
$$x = \frac{12 - 6\sqrt{3\pi - 8}}{4 - \pi} \approx 5.64。$$

因此，圆形田地的直径大约为 $5.64 \times 2 = 11.28$ 步，正方形水池的边长大约为 $11.28 - 6 = 5.28$ 步。

如果按古法取 $\pi \approx 3$，则由以上公式可得 $x \approx 6$，与古人的答案相同。

文史点滴 对·联

我们前文介绍过辛弃疾的《西江月·夜行黄沙道中》，其中有些句子很有特点，例如"七八个星天外，两三点雨山前"两句，前句的"七八"与后句的"两三"都是数字，前句的"个"与后句的"点"分别是"星"和"雨"的量词，而两句的最后两字分别是"天外"与"山前"，它们一样都是"地理名词+方位"的形式。此外，这两句的格律是"仄仄平平平仄，平平仄仄平平"，其平仄恰好相反。我们说，这样严格对偶的两句就构成"对仗"。

要求某两个句子对仗的词牌不多，但律诗则不然，律诗通常要求第三、第四两句对仗，第五、第六两句也对仗。对仗的两句诗既成对偶而又前后相继，所以它们构成一副"对联"。一首律诗总共有八句，它们可以被分成四"联"，古人形象地将这四联依次称为"首联""颔联""颈联"和"尾联"。采用这些术语的话，我们可以说，律诗中的颔联和颈联通常要求对仗，而尾联在文字上虽然不要求对仗，但在声律上仍然要求对偶，要求两句对应位置的平仄相反。

054

西江月·方中又有圆

方田一十五亩，及时人去耕犁，圆池在内甚稀奇，圆径不知怎记。

方至池边有数，每边二十无疑，外方、圆径若能知，细演天源如积。

题意解释

有一块正方形的田地，它的正中间有一个圆形水池。正方形每边与池边的距离都是 20 步，而田地实际面积为 15 亩。问正方形的边长和圆形水池的直径分别是多少步？

古人解法

以正方形边与池边的距离 20 步自乘，得 400 平方步；乘以 4，得 1600 平方步。方形内圆池外的田地面积为 15 亩，即 15 × 240 = 3600 平方步。与所得 1600 平方步相减，得 3600 − 1600 = 2000 平方步。

由面积公式可知，直径与正方形边长相同的圆的面积等于相应正方形面积的 0.78539816 倍，将此数与 1 相减，得 0.21460184，以它为比例式的第一个数值；以 1 为比例式的第二个数值，以此前所求得的 2000 平方步为比例式的第三个数值，求解比例式

$$0.21460184 : 1 = 2000 : x,$$

得 x = 2000 × 1 ÷ 0.21460184 ≈ 9319.5846 平方步，将这个数作为长方形的面积。

以 0.21460184 为比例式的第一个数值，以 1 为比例式的第二个数值，以正方形边与池边的距离 20 步的 4 倍（即 80 步）为比例式

的第三个数值，求解比例式

$$0.21460184 : 1 = 80 : y,$$

得 $y = 80 \times 1 \div 0.21460184 \approx 372.7834$ 步，将这个数作为长方形长与宽的差。

因此，如果假设长方形的宽为 L，则我们得到等式

$$L(L + 372.7834) \approx 9319.5846,$$

用"带纵较开平方法"计算，得到 $L \approx 23.5165$ 步，这就是圆形水池的直径。正方形两侧与池边的距离均为 20 步，故正方形的边长约为 $23.5165 + 2 \times 20 = 63.5165$ 步。

现代解法

假设圆形水池的直径为 x 步，则正方形田地的边长为 $x + 40$ 步。由面积关系我们得到：

$$(x + 40)^2 - \pi \times \left(\frac{x}{2}\right)^2 = 15 \times 240 = 3600,$$

根据完全平方公式，我们得到

$$(1 - \pi/4) x^2 + 80x + 1600 = 3600,$$

两边同时减去 1600，然后同时除以 $(1 - \pi/4)$，就得到上述清朝人求解的"带纵较开平方"问题的数字。

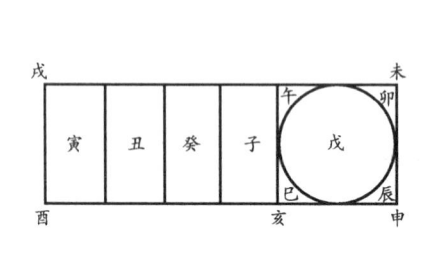

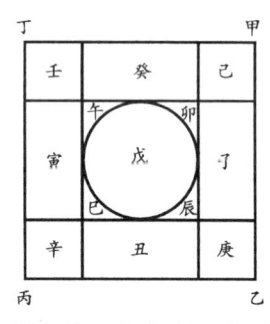

需要说明的是，我们可以轻而易举地得到上述方程，但清朝人做到这一点却很费劲，他们需要推敲右边的图形，通过"割补"和按比例缩放的办法得到长方形面积（细节略去）。

055

西江月·河穿圆田

今有圆田一所，不知顷亩端的，直河一道正中穿，圆分弧矢两段。

通田七十四步，二十四步河宽，除河见在几多田？水占如何得见？

题意解释

有一块圆形田地，正中间有一条小河穿过。已知这段小河长74步，宽24步，请问去掉小河后实际的耕地面积是多少？这段小河的面积是多少？

古人解法

取 $\pi \approx 3$，则将74步的平方后乘以3再除以4，就得到包括小河在内的整个圆的面积为 $74^2 \times 3 \div 4 = 4107$ 平方步。从74步中减去小河宽度24步，再折半，得到两个弓形的高均为 $(74 - 24) \div 2 = 25$ 步。圆半径为 $74 \div 2 = 37$ 步，弦与圆心的距离等于半径减去弓形的高，即 $37 - 25 = 12$ 步。因此，据勾股定理，弦长的一半等于 $\sqrt{37^2 - 12^2} = 35$ 步，所以弦长为 $35 \times 2 = 70$ 步。

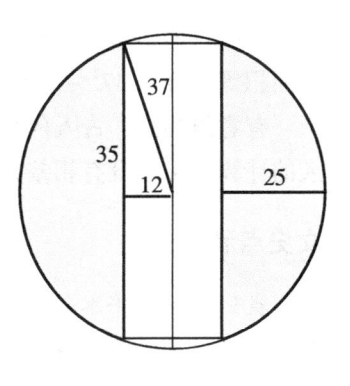

弦长加上弓形的高度，得 $70 + 25 = 95$ 步，折半，得47.5步。将这个数值乘以弓形的高度25步，$47.5 \times 25 = 1187.5$ 平方步，即为一个弓形的面积。实际耕地为相同的两个弓形，所以其面积等于 $1187.5 \times 2 = 2375$ 平方步；从整个圆的面积中减去2375，得小河面积为 4107 - 2375 = 1732 平方步。将得到的两个数值分别除以 240，得到实际的耕地面积为 2375 ÷ 240 ≈ 9.8958 亩，田内这段小河的面积为 1732 ÷ 240 ≈ 7.2167 亩。

现代解法

如上图，和古人一样，我们可以求得圆的半径为 37 步，弓形的弦长为 35 步，弓形高度为 25 步。问题在于，古人所用的弓形面积公式

（弦长 + 弓高）× 弓高 ÷ 2

是错误的。从图形中可以看到，弓形等于一个扇形减去一个三角形。

完整的圆可以看成圆心角等于 360 度的扇形，因此，圆心角等于 2α 度的扇形的面积等于圆面积乘以 $2\alpha/360$。所以，问题的关键是求出图中两条红线的夹角。

这个问题涉及小学没有学过的"反三角函数"。本题中这个角度为 $\alpha = arcsin\left(\dfrac{35}{37}\right)$，大约等于 71 度，因此，弓形的面积约等于

$$\pi \times 37^2 \times (2 \times 71)/360 - \dfrac{1}{2} \times 70 \times 12 \approx 1276 \text{ 平方步}。$$

实际耕地是两个相同的弓形，所以其面积约为 2552 平方步。小河面积等于 $\pi \times 37^2 - 2552 \approx 1748$ 平方步。

有意思的是，古人的弓形面积公式虽然不对，但本题古人与今人的计算结果并没有相差太多。

文史点滴 词韵

我们说过《平水韵》总共有 106 个韵，是后代格律诗的用韵标准。词的用韵不像律诗那么严格，它以《平水韵》为基础，把一些音韵接近的韵部合并，形成了韵部数量较少的词韵。例如，《平水韵》中第一个和第二个韵分别是"东韵"和"冬韵"，这两个韵中字的读音在宋代已经难以分辨，所以它们被合并成一个词韵。

056
截卖梯田歌

今有梯田长一百，小头十五大廿七。
截卖一百九十二，欲从一边截去积。

题意解释

一块田地的形状为等腰梯形，梯形的高为 100 步，顶边与底边分别为 15 步与 27 步。现在想从一侧用与高线平行的直线截出一个面积为 192 平方步的三角形，请问这个三角形的底边和高分别等于多少？

古人解法

将要截出的面积加倍，得 192 × 2 = 384，再乘以等腰梯形的高，得 384 × 100 = 38400。将这个数作为被除数。

将等腰梯形二底边的长度相减，得 27 − 15 = 12，折半，得数为 12 ÷ 2 = 6。将这个数作为除数。

两数相除，得 38400 ÷ 6 = 6400；将这个得数开平方，得 $\sqrt{6400}$ = 80，因此，截出的三角形的高就等于 80 步。

三角形的面积等于 1/2 乘以底再乘以高，所以三角形面积的两倍除以高就等于底边的长度，因而其底边长度为 384 ÷ 80 = 4.8 步。

现代解法

本题中的等腰梯形过于狭长，因此我们下面画出的只是一个示意图，其中 AB = 15，DC = 27，AF = 100。已知直角三角形 GDE 的面积等于 192，求 DE 和 GE。

由于 ABCD 是等腰梯形，所以 DF 等于 DC 与 AB 差的一半，即 DF=(27-15)÷2=6。

三角形 GDE 和三角形 ADF 是相似的直角三角形，所以

DE：DF=GE：AF，因此，

$$DE = \frac{DF}{AF} \times GE = \frac{6}{100} \times GE。$$

三角形 GDE 的面积等于 192，所以

$$192 = \frac{1}{2} \times DE \times GE = \frac{1}{2} \times \left(\frac{6}{100} \times GE\right) \times GE，$$

即

$$\frac{6}{2 \times 100} \times GE^2 = 192。$$

因此，

$$DE^2 = 192 \times \frac{2 \times 100}{6} = 6400，$$

$$DE = \sqrt{6400} = 80。$$

据此，我们很容易就可以得到：

$$DE = \frac{6}{100} \times GE = 4.8。$$

文史点滴 / 田制

本书中多次出现卖田的算题，很显然，田地在明朝是私有的，可以合法地买卖。然而，在漫长的古代中国，土地制度，或者说"田制"，经历过多次重大的变化。

商周时期我国普遍实行的是"井田制"，此后有一段时间经常采用的土地制度是"均田制"。粗略地说，均田制的原则是"计口授田"，由国家根据每户的人口多少分配田地。再根据人口的生死变化重新分配，由于田地是公有的，百姓只是拥有使用权，不可以买卖。另外，每个王朝稳定之后人口都会大量增加，国家掌控的田地因而出现短缺，这种田制在唐朝中后期彻底瓦解。

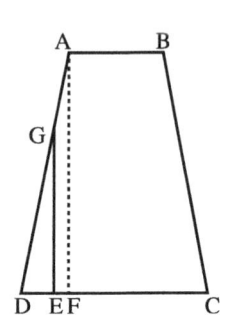

057

弓田弦矢歌

弧矢一亩积一段，更加九十七步半。
矢不及弦十五步，弦矢各长怎的算？

题意解释

有一块弓形田地，面积为 1 亩又 97.5 平方步，其高比弦长少 15 步，问这个弓形的弦与高分别是多少步？

古人解法

1 亩等于 240 平方步，所以弓形面积为 240 + 95.5 = 337.5 平方步。将这个面积乘以 4 再除以 3，我们得到：

337.5 × 4 ÷ 3 = 450。

以上述得数 450 平方步为长方形面积，以弓形的弦长与高之差 15 步为长方形的长与宽之差，用"带纵较开平方法"计算，得到长为 30 步，宽高 15 步，它们就是弓形的弦长和高。

现代解法

我们画示意图如右。其中，阴影部分为问题中的弓形，AB 为弓形的弦，CD 为弓形的高，O 为圆心，OA、OB、OD 均为半径。

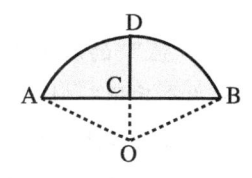

假设圆心角 AOD 为 α 度，半径的大小为 r 步，由于扇形 OADB 的圆心角为 2α 度，所以它的面积等于圆面积 πr^2 的 $\dfrac{2\alpha}{360}$ 倍，即

$$S_{扇形OADB} = \dfrac{\alpha}{180} \times \pi r^2。$$

113

弓形面积等于扇形 OADB 的面积减去三角形 AOB 的面积,即

$$S_{弓形ADB} = \frac{\alpha}{180} \times \pi r^2 - \frac{1}{2} \times OC \times AB$$

$$= \frac{\alpha \pi}{180} r^2 - OC \times AC。$$

根据三角函数的定义,$OC = r\cos\alpha$,$AC = r\sin\alpha$,因此,由已知弓形面积为 337.5 平方步,我们得到

$$337.5 = \frac{\alpha \pi}{180} r^2 - r^2 \sin\alpha\cos\alpha。$$

已知条件为 $AB - DC = 15$,它可以写成

$$2r\sin\alpha - (r - r\cos\alpha) = 15。$$

因此我们得到关于未知数 r 和 α 的两个方程:

$$r^2 \left(\frac{\alpha \pi}{180} - \sin\alpha\cos\alpha \right) = 337.5,$$

$$r(2\sin\alpha + \cos\alpha - 1) = 15。$$

很不幸,这种方程只能求出近似解!我们用计算机程序求得 α 与 r 的近似解为:$\alpha \approx 89.1851$ 度,$r \approx 14.7926$ 步。因此,弓形的弦长约为 29.5822 步,高约为 14.5822 步。

需要在这里指出的是:虽然古人得到的结果与现代解法的结果非常接近,但古人的算法只有在弓形接近半圆形时才是比较好的近似算法。

文史点滴 弧·矢

"弧"的本义是弓,"矢"的本义是箭。在漫长的、没有枪和炮的"冷兵器"时代,弓箭是最主要的远距离杀伤武器。

本题解法部分的配图很像是一幅弯弓射箭图,正因为如此,古代数学家把图中的阴影部分称为"弓",其他各要素则分别象形地称为"弧""矢""弦"。这些名称大多为后人所继承,弓形、弧、弦至今仍然是正规的中文数学术语。

058
梭田长阔歌

梭田共积一千二，又零二十有四步。
阔不及长三十二，要见阔、长多少数。

题意解释

有一块菱形田地，其面积为 1224 平方步，两条对角线的长度差为 32 步，问菱形两条对角线的长度分别是多少步？

古人解法

将菱形面积加倍，得 1224 × 2 = 2448 平方步。以这个面积为长方形面积，依照长方形长与宽的差等于 32 步，按"带纵较开平方法"计算，得到长方形的宽等于 36 步，长等于 36 + 32 = 68 步。

现代解法

设菱形的短对角线长度为 x 步，则长对角线为 $x + 32$ 步。菱形被两条对角线分成 4 个全等的直角三角形，因此其面积等于

$$4 \times \frac{1}{2} \times \frac{x}{2} \times \frac{x+32}{2},$$

于是，我们得到

$$4 \times \frac{1}{2} \times \frac{x}{2} \times \frac{x+32}{2} = 1224。$$

等式两边同时乘以 2，即得

$$x(x+32) = 1224 \times 2 = 2448,$$

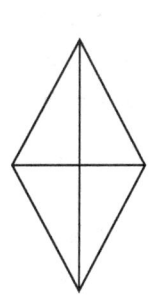

或

$x^2 + 32x - 2448 = 0$。

求解这个一元二次方程,得

$x = 36$ 或 $x = -68$。

由于对角线的长度只能是正数,因此菱形短对角线的长度为36步,长对角线的长度为 36 + 32 = 68 步。

文史点滴　粘

我们说过,一首律诗可以分成首联、颔联、颈联和尾联。如果相继两联之间的平仄结构相同,则它们诵读时的声律自然也雷同,会显得单调而缺少变化。为了追求声律上的变化,律诗要求相继两联的平仄结构必须不同。

我们知道,律句总共只有四种,除了首联外,律诗其他各联两句中对应位置的平仄都恰好相反。因此,只要仔细推敲四种律句的平仄结构,我们就会发现:要相继两联的平仄不同,只需要使前联的后一句与后联的前一句的平仄满足一个特定的关系,即它们第二个字的平仄相同。这种关系被称为"粘",意思是说相继两联在声律上妥帖地"粘合"在一起。

那么,为什么首联各字的平仄可以不对应相反呢?原因在于:律诗的偶数句都需要押韵,而第一句则可以押韵,也可以不押韵。然而,如果第一句押韵,那么它的末字就只能是平声,因此必然是与第二句不同的另一种以平声字结束的律句,其平仄与第二句肯定不是对应相反的。

事实上,第一句的平仄一旦确定,绝句或律诗所有诗句的平仄也就随之确定。确定的规则并不复杂,就是我们在第053题所讲的"对"和本题所讲的"粘"。我们在第035题列出了全部四种律句,有兴趣的读者可以尝试着用它们确定出所有四种不同的律诗格律。

059
船缸均载歌

三百六十一只缸，任君分作几船装。
不许一船多一只，不许一船少一缸。

题意解释

某人总共有 361 只大缸，用若干只船装载。已知船只的数目与每船所载大缸的数目一样，问船只数目与每船所载大缸数目是多少？

古人解法

将 361 开平方。首先，361 的百位数是 3，开平方只能得到 1，所以 361 开平方的十位数是 1，也就是说，其开平方首先得到的是 10。这个得数就是算法所得的"初商"。

10 的平方等于 100，因此，我们从 361 中减去 100，所余的数值为 261。将开平方的十位数 10 乘以 2，得到 20，261 除以 20 大于 10，所以开平方的个位数相当大，我们尝试以 9 作为开平方的个位数，换句话说，我们估计开平方的"次商"为 9。

20 乘以 9 得 180，9 平方得 81，两数相加，180 + 81 = 261，恰好等于刚才从 361 中减去 100 所得的数值。于是，我们确认开平方的次商等于 9，因而 361 的开平方就等于 19。这就是说，船只的数目和每船所载大缸的数目都是 19。

我们在这里解释一下上述开平方算法：假设某数 X 开平方所得是一个两位数，其十位数是 A，个位数是 B。那么，我们首先看 X 除以 100 与哪个一位数字的平方相对应，这样就可以确定出 A。从 X 中减去 $100A^2$，剩

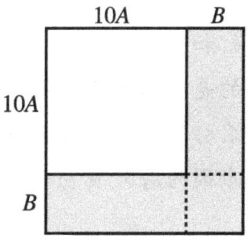

余的是右上图中的阴影部分，它可以画成右下图中长为 20A + B，宽为 B 的长方形。因此，从 0 到 9 中估算出合适的 B，使得

$$B \times (20A + B) = X - 100A^2，$$

就可以得到 X 的开平方。

我们举个例子：求 784 的开平方。784 的百位数是 7，开平方只能得到 2，所以它开平方所得的十位数为 A = 2。从 784 中减去 $100A^2$，得数为 784 − 400 = 384。由 20A = 40，384 除以 40 大约等于 9，所以我们估计 B = 9。此时，

$$B \times (20A + B) = 9 \times (40 + 9) = 441 > 384，$$

这就是说，估计的 B 值太大了。因此，我们改而估计 B = 8。由于

$$8 \times (40 + 8) = 384，$$

我们发现 B 确实等于 8，所以，784 开平方等于 28，即

$$\sqrt{784} = 28，或者说，28^2 = 784。$$

现代解法

本题就是求一个平方根，现代人可以用计算器。如果采用手工计算，与上述古人的算法相同。需要指出的是，上述算法的第二个步骤可以多次重复，因而可以计算任何正数的平方根。

文史点滴 缸·瓮

在漫长的农业时代中，缸和瓮是最主要的大型容器，它们都是陶器，但形状有所不同。总的来说，缸和瓮的横截面都是圆形，缸的底小口大，其横截面直径逐渐增大，而瓮则是腹部较大，其横截面直径先增后减。农业时代的缸和瓮主要用来盛放生活用品，水缸和米瓮直至 20 世纪 70 年代都随处可见。有意思的是，南方沿海曾经有所谓的"猪头盂"容器，其名称很显然译自英语 hogshead，最初可能是明朝后期因为海外贸易而引入的名词。

0.90
船粮均载歌

今岁都要纳秋粮，雇船搬载去上仓。
五万七千六百石，河中漏湿一船粮。
每船负带一石去，船仍剩得一石粮。
秋粮纳米已有数，不知原用几船装？

题意解释

某地向官府缴纳 57600 石秋粮，运输时用若干只船平均装载。由于在河中有 1 只船漏水，所以将这只船上的粮食分装到其他船只上。如果其余的船只每只各分 1 石粮食的话，那么漏水船只上的粮食将会剩下 1 石。请问原来的运粮船有多少只？每只船上原来装载的粮食是多少石？

古人解法

只需要将 57600 开平方。57600 的万位数为 5，开平方只能得到 2，所以它开平方的百位数为 2，即初商为 200。

从 57600 中减去 200 的平方，所剩为 57600 − 200^2 = 17600。200 的 2 倍为 400，17600 除以 400 为 44，所以我们估计 57600 开平方的十位数为 4，即估计次商为 40。

从 17600 中减去 40 × (2 × 200 + 40)，得

17600 − 40 × (2 × 200 + 40) = 0，

因此，57600 开平方所得恰好就是 240。这就是说，原来所用的运粮船共有 240 只，每只船原来装载的粮食为 240 石。

现代解法

手工计算方法与古人相同，我们另外举一个例子：计算 14161

的开平方。

首先，14161 的万位为 1，开平方等于 1，所以 14161 的平方根的百位数为 1。

$14161 - 100^2 = 4161$，它就是右图中最深色的部分的面积。与上一题一样，这个剩余部分可以画成一个宽为 $10B + C$，长为 $2 \times 100 + 10B + C$ 的长方形，我们现在需要做的就是求出这个宽度。

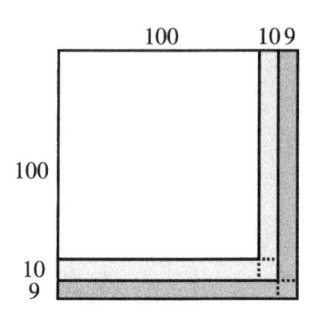

由于 4161 除以 2×100 大约等于 20，所以开平方的十位数可以估计为 $B = 2$。然而，

$$10B \times (2 \times 100 + 10B) = 4400 > 4161,$$

所以估计的 $B = 2$ 太大了。于是，我们转而估计 $B = 1$。此时，$10B \times (2 \times 100 + 10B) = 10 \times 210 = 2100$，是图中灰色部分的面积。

从 4161 中减去 2100，所余 2061 就是图中最深色部分的面积。相似的，它可以画成宽为 C、长为 $2 \times (100 + 10) + C$ 的长方形。由于 2061 除以 2×110 大约等于 9，所以我们估计 $C = 9$。此时，

$$C \times [2 \times (100 + 10) + C] = 9 \times 229 = 2061,$$

因而 C 确实等于 9。换句话说，我们得到：

$$\sqrt{14161} = 119, \text{ 或 } 119^2 = 14161。$$

文史点滴 /纳粮/

我国古代曾经实行过多种不同的土地制度，但无论田地是否私有，封建王朝都会按照耕地面积向百姓征收田赋。田赋也称"田租"或"田税"，是封建王朝财政的主要来源之一。田赋通常以实物形式征收，因此通常也称作"田粮"。农民在秋收之后向官府交纳粮食，所以称为"纳粮"或"纳秋粮"。

明朝后期实行"一条鞭法"，官府将田赋、徭役以及其他杂税合并在一起，折算成银两，然后按耕地面积向百姓征收。"一条鞭法"的实施是明朝一次重大的体制改革，征收的田赋也因此从实物形式转变为货币形式。

061
驻马听·金球求径

不比寻常，欲造金球内外光。要求高径尺寸，今有金积，耀眼晴黄。

百二十一、五分详，立圆高许如等杖，折半曾量。折半曾量，金实虚积，无偏向。

题意解释

已知金球的体积为 121.5 立方寸，求金球的直径。

古人解法

将 121.5 乘以 16，再除以 9，得 121.5 × 16 ÷ 9 = 216。用开立方法计算 216 的立方根，其得数为 6。因此，金球的直径为 6 寸。

需要说明的是，从古人这个算法可以推出：解题者以

$$V = \frac{9}{16}D^3$$

为球的体积公式。其中，D 为球体的直径。

这个公式是相当不精确的。事实上，其中的分数系数 9/16 是通过哲学思考而得出的，这种用哲学推求数学公式的做法通常都是靠不住的。

我们现在知道，以 D 表示球体的直径，则球体积公式可以写成：

$$V = \frac{\pi}{6}D^3。$$

$\pi/6 \approx 0.5236$，$9/16 = 0.5625$，$0.5625 \div 0.5236 \approx 1.0743$，由此可见，古人的公式的计算结果比正确的数值大了大约 7.4%。

顺便说一句，正确的球体积公式是阿基米德在公元前 3 世纪首

先推导出来的，我国的祖冲之父子在公元 5 世纪用另一种方法独立地推导出了正确的球体积公式。

现代解法

古人用开立方的算法手工求出 216 的立方根，现代人如果手工计算，用的也是相同的方法。开立方根的算法思想上与前两题中的开平方根算法是一脉相承的。从第 059 题的配图中我们看到，大正方形减去小正方形，剩下的是两个长方形和 1 个小正方形，它们可以拼成 1 个更长的长方形，而开平方的关键步骤就是计算这个长方形的宽。相应的，大立方体减去小立方体时，剩下的是由 3 个扁方体、3 个长方体以及 1 个小立方体组成的 "三侧面" 形状（见下图）。因此，开立方的关键是计算这 7 个剩余立体的 1 个公共的边长，即小立方体的边长。很显然，开立方的具体算法比开平方要复杂很多，在此不予具体介绍。

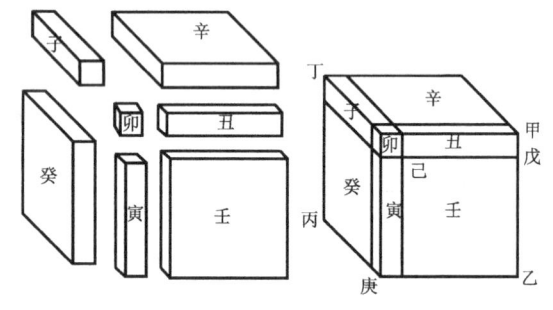

文史点滴 驻马

《驻马听》是一个词牌，同时也是一个有很多变体的曲牌。意外的是，本题与编者查到的所有《驻马听》在格律上都有差异。

"驻马" 的意思是让马停下不走，《驻马听》这个曲牌让人觉得它的旋律肯定美妙动听。然而，"驻马" 并不总是意味着美妙，唐朝著名诗人李商隐有一首题为《马嵬》的律诗，其中有一句是 "此日六军同驻马"，反映的是直接导致杨贵妃死亡的军事政变。

无论是美妙还是残酷，"驻马" 二字都是文雅的。"驻马店" 这个地名虽然不再让人觉得雅致，但它是河南省的一个地级市。驻马店的大部分地方在汉朝属于汝南郡，历史上曾经出现过很多著名人物，秦朝的丞相李斯就是其中著名的一个。

062

西江月·莹墙

假有坡地一段，中间一卖安茔，总皆一亩二分平，更有八厘相应。

只要纵多二堵，每堵八尺无零，筑墙选日雇工兴，几许封堆可定？

题意解释

有一块面积为 1.28 亩的长方形坟地，要用每堵长 8 尺的墙围起来，已知长方形的长比宽多 2 堵墙，问长、宽各需要砌几堵墙？

古人解法

由于 1 亩等于 240 平方步，所以 1.28 亩为 1.28 × 240 = 307.2 平方步。1 步等于 5 尺，所以 8 尺等于 8 ÷ 5 = 1.6 步。长方形坟地的长比宽多 2 堵墙，而 1 堵墙的长度为 8 尺，因此坟地的长比宽多 1.6 × 2 = 3.2 步。以 307.2 为长方形面积，3.2 为长宽之差（即"纵较"），用"带纵较开平方法"计算，可得长方形的宽为 16 步，长为 19.2 步。我们已经算得一堵墙的宽度为 1.6 步，因此，长方形的宽等于 16 ÷ 1.6 = 10 堵墙，长等于 19.2 ÷ 1.6 = 12 堵墙。

现代解法

像古人那样换算，得到长方形坟地的面积为 307.2 平方步，长比宽多 3.2 步。假设宽为 x 步，则有

$$x(x + 3.2) = 307.2,$$

即

$$x^2 + 3.2x - 307.2 = 0,$$

用一元二次方程的求根公式，得到
$$x = \frac{-3.2 + \sqrt{3.2^2 - 4 \times (-307.2)}}{2} = 16。$$

所以，长方形的宽为 16 步，长为 19.2 步。按一堵墙 1.6 步计算，即得宽为 10 堵墙，长为 12 堵墙。

文史点滴　一卖·堵·选日

我们来解释一下本题中的三个词语，即"一卖""堵"以及"选日"。首先，有些商品（例如餐馆中的菜品）是按份出售的，在古人的白话中，这样的一份商品称为"一卖"。因此，本题中的"中间一卖安茔"，意思就是说前一句所说的"坡地"中有一部分要用作坟地。

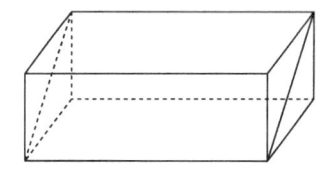

"堵"的本义指一段城墙，"堑"是壕沟，它们的形状都是横卧的、截面为梯形的四棱柱。不过，作为古代数学术语，"堑堵"所表示的形状是将长方体沿经过相对的两条棱的平面分割出的（横卧的）直角三棱柱（左图就是一个长方体分割成两个堑堵的示意图）。

从它的本义出发，"堵"一方面引申出"堵塞"的意思，另一方面则成为"墙"的量词，本题中的"二堵"就是"两堵墙"的意思。

题目的倒数第二句说"筑墙选日雇工兴"，其中"选日"的意思是"选择吉日"，它反映出古人一种非常普遍的迷信：进行任何建筑活动都是"动土"，"动土"必然会惊动土地神。因此，不管是建房、筑墙，还是修建坟墓，古人都要先选择"吉日"，举行祭祀土地神的仪式，然后才开始动工营建。

063
系羊问索歌

旷野之地有个桩，桩上系着一腔羊。
囫囵踏破三亩二，试问羊绳几丈长？

题意解释

一根木桩上用绳子系着一只羊，这只羊踏遍了以木桩为圆心、以绳长为半径的整个圆。已知这个圆的面积为 3.2 亩，问绳子的长度等于多少？

古人解法

1 亩等于 240 平方步，所以 3.2 亩等于 3.2 × 240 = 768 平方步。将 768 乘以 4 再除以 3，得 768 × 4 ÷ 3 = 1024。将 1024 开平方，得数为 32，故圆的直径为 32 步。绳子的长度是圆的半径，32 ÷ 2 = 16 步。1 步等于 5 尺，所以绳子的长度为 16 × 5 = 80 尺，也就是 8 丈。

现代解法

从古人的解法可以发现，解题者是按圆周率 $\pi \approx 3$ 来计算的。这是不精确的，但是古人很早就知道圆的面积公式，这与球体积的情形不同：我国南北朝之前的数学家们并不知道球体的体积公式。

按现代的算法，假设绳子的长度为 x 步，则

$\pi x^2 = 768$，

$x^2 = 768 \div \pi \approx 244.462$，

$x \approx \sqrt{244.462} \approx 15.64$。

因此，比较精确的绳长为 15.64 × 5 = 78.2 尺，或者说大约是 7 丈 8 尺 2 寸。

文史点滴 / 腔·量词

　　汉语中的量词在历史进程中变化很大，古今量词存在很大的差异。最关键的一点是：古人所用量词数量很多，在古代的白话文中，很多常见事物都有自己的量词。例如，古人说"一腔羊""一口猪""一尾鱼"，其中的"腔""口""尾"就是分别用于"羊""猪""鱼"的量词。

　　不同事物使用不同量词，这看起来很有文化，但对文化程度普遍较低的百姓其实是不方便的。因此，在20世纪初的现代白话文运动中，量词经历过一个较长的简化过程。由于白话文运动的主将中有鲁迅、周作人等留日作家，现代白话文运动的前期作品经常借用日语惯用的量词，这对现代汉语的量词产生了深远的影响。

　　历史上日语曾大量借用古代汉语，但其量词的规范性简化却早于我国。例如，对于长圆柱状和薄片状物品，日语统一使用的量词分别是"本"和"枚"；对于紧凑的小物件，日语使用的量词是"个"；对于机器和建筑物，日语分别用"台"和"轩"来计数；而对于小动物和大动物，日语则分别以"匹"和"头"为量词。对应于日语的量词"本"和"轩"，现代汉语通常使用的量词分别是"根/支"和"片/张"，但"台""个""头"等之所以成为现代汉语的标准量词，则很可能是日语影响的结果。

064
西江月·酒坛垛

今有酒坛一垛,共积一百六十,下长多广整七枚,广少上长三只。

堆积糟坊囷内,上下长广难知,烦公仔细用心机,借问各该有几?

题意解释

烧酒作坊将160只酒坛堆叠成一个长方堆,堆垛底部的长比宽多7只酒坛,底部的宽比顶部的长少3只酒坛。请问:这个堆垛底部和顶部的长和宽分别是多少只酒坛?

古人解法

将160乘以6,得160×6=960,以这个数为立体的体积。将底部的长比宽所多的7只乘以2,再加上顶部的长比底部的宽所多的3只,得7×2+3=17,以这个数为立体的"纵方";将这个数再加上3,得到20,作为立体"纵廉";最后,以顶部的长比底部的宽所多的3只为长方体的"隅"。然后,求解如下方程中的未知数:

$$960 = 5 \times (3x^2 + 20x + 17),$$

得到$x=5$,因此堆垛底部的宽为5只酒坛。据此,堆垛底部的长等于$5+7=12$只酒坛,顶部的长等于$5+3=8$只酒坛,而顶部的宽等于顶部的长减去底部的长、宽之差,即$8-7=1$只酒坛。

需要说明的是,古人这种解法所用的公式源自棱台的体积公式(我们不做具体推导),等式右边的乘数5是由已知条件推出的堆垛的层数,而所谓的"隅""纵廉"和"纵方"则是等式右边二次多项式的系数。

> **现代解法**

假设堆垛底部的宽为 x 只酒坛,则其底部的长为 $x+7$ 只酒坛。由于堆垛的长宽逐层减少 1,所以各层长与宽的差都相同。因此,由顶部的长比底部的宽多 3 只酒坛,可以知道顶部的长为 $x+3$ 只酒坛,顶部的宽为 $x+3-7=x-4$ 只酒坛。此外,底部的长与顶部的长之差等于 4,所以堆垛的层数为 $4+1=5$ 层。

根据以上分析,各层酒坛数的总和为:

$$(x+3)(x-4)+(x+4)(x-3)$$
$$+(x+5)(x-2)+(x+6)(x-1)+(x+7)x,$$

整理这个式子,得到 $5x^2+15x-40$,因此,据已知条件我们得到:

$$5x^2+15x-40=160,$$

即

$$5x^2+15x-200=0,$$
$$x^2+3x-40=0。$$

求这个一元二次方程的正解,得到 $x=5$,即堆垛的底部宽为 5 只酒坛。再根据稍前的分析结果,就可以求出堆垛的底部的长为 $x+7=12$ 只酒坛,顶部的长为 $x+3=8$ 只酒坛,顶部的宽为 $x-4=1$ 只酒坛。

文史点滴 / 堆垛术

堆垛是相同物品的规则性堆叠,研究堆垛中物品总个数的学问称为"堆垛术"。我国堆垛术的历史大概可以追溯到北宋的沈括,他根据正四棱台的体积公式,给出了上图那样的正方形堆垛中物品总个数的公式。

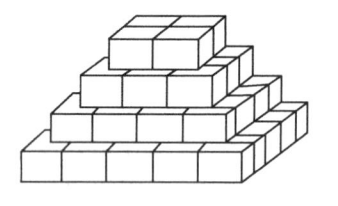

065
红桃堆垛歌

红桃一垛积难知,共该六百八十枚。
三角垛来尖上一,每面底子几何为?

题意解释

680个桃子被堆叠成一个三角尖堆,问这个三角尖堆底面每一边各有多少个桃子?

古人解法

将680乘以6,得680×6=4080,以这个数为立体的体积。以2为"纵方",3为"纵廉",用开立方算法求解如下方程中的未知数:

$$4080 = x(x^2 + 3x + 2)。$$

解得 $x = 15$,因此堆垛正三角形每边各有15个桃子。

本题中桃子被堆成右图那样的堆垛,这种堆垛称为"三角堆"或"三角尖堆"。如果三角堆底面三角形每一边有 x 个物品,则全堆物品的总个数就等于

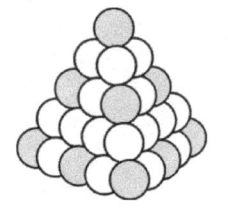

$$\frac{x(x+1)(x+2)}{6},$$

这就是古人解题时所用的公式。

我们在这里顺便指出:前一个算题事实上只需要求解二次方程,本题则确实需要求解三次方程。古人知道求解三次方程的算法,但过程比较复杂,我们不做具体介绍。

现代解法

根据上述公式，假设三角堆底面三角形每一边为 x 个桃子，则我们得到：

$$\frac{x(x+1)(x+2)}{6} = 680,$$

即

$$x(x+1)(x+2) = 6 \times 680 = 4080。$$

由于 $10 \times 11 \times 12 = 1320 < 4080$，而 $20 \times 21 \times 22 = 9240 > 4080$，所以问题的解 x 介于 10 与 20 之间。

根据上述等式，$x(x+1)(x+2)$ 是 10 的倍数，所以 x、$x+1$、$x+2$ 这 3 个数中必然有一个尾数为 5 或为 0。我们已经知道，由 $x = 20$ 计算出的结果比实际大了 1 倍多，所以我们估计，比较可能的解为 $x = 14$ 或 $x = 15$。尝试 $x = 15$，得

$$15 \times 16 \times 17 = 240 \times 17 = 4080,$$

故解为 $x = 15$，即三角堆底面三角形每一边为 15 个桃子。

文史点滴 开普勒猜想

如果给一个巨大的空间填装半径很小的相同球体（比方说向一个长方体形状的巨形游泳池里填装乒乓球），什么样的填装方式能够装入最多的球体？这是 17 世纪德国著名科学家开普勒曾经思考过的一个问题。开普勒猜测说，如果球体的半径与空间的尺度相比非常非常小，那么，装球最多的填装方式应该是：球体平行分层，每一层的球体都呈六角形两两相切（相邻球体的关系如上图），而上一层则恰好嵌入下一层的空隙之中。

这个猜想直观地看是很合理的，所以人们觉得它应该是正确的。然而，其数学证明却是出乎意料的困难，全世界的数学家经过 400 年的努力，直到最近才在计算机的帮助下解决了这个猜想。

066
穿渠雇工歌

穿渠二十九里程，再加一百四步零。
上广一丈二尺六，下广八尺丈八深。
每日一夫三百尺，问该夫数雇工兴？

题意解释

某地需要开挖一条水渠，水渠截面为上底 12.6 尺、下底 8 尺、高 18 尺的梯形，水渠的长度为 29 里又 104 步（如下图）。1 个挖渠工人 1 天的工作量称为 1"工"，已知 1 工为 300 立方尺的土方，请问这个工程的总土方量等于多少工？

古人解法

1 里等于 360 步，所以水渠长度共为 29 × 360 + 104 = 10544 步。1 步等于 5 尺，所以水渠总长度为 10544 × 5 = 52720 尺。

梯形面积等于 (上底 + 下底) × 高 ÷ 2，所以，水渠截面的面积为 (12.6 + 8) × 18 ÷ 2 = 185.4 平方尺。与水渠长度相乘，得到水渠的总土方量为

52720 × 185.4 = 9774288 立方尺。

1 工等于 300 立方尺，由于 9774288 ÷ 300 = 32580.96，即 9774288 = 300 × 32580 + 288，所以，这条水渠的总土方量为 32580 工又 288 立方尺。

> **现代解法**

现代解法与古人解法完全相同，关键都是要把里换算成步，再把步换算成尺，然后再计算水渠的总土方量。

文史点滴 / 商功

封建王朝需要建宫殿、筑城墙、挖壕沟、开水渠、修坟墓等，因此统治者规定百姓必须提供无偿的劳动，这就是封建时期的"徭役"。要估算这些工程的工程量，确定无偿劳工的劳动定额，就需要进行相应的数学计算，这些数学问题在古代就属于"商功"类问题。我国统治者很早就开始实行数量化管理，"商功"在秦、汉以前就已经是一个独立的数学门类。

在《九章算术》中，"商功"是"九章"之一，专门处理各种几何体体积的计算问题。这些几何体都源于实际问题，因而算题中大多直接使用具体工程对象的名称。例如，《九章算术·商功》的第一个算题以城墙、堤、沟、堑、渠等为对象，给出横卧的、截面为梯形的四棱柱的体积公式。此外，《九章算术》还以方堢壔、圆堢壔、方亭、圆亭、方锥、圆锥等许多具体对象为题，正确地给出了棱柱、圆柱、棱台、圆台、棱锥和圆锥等立体的体积公式。

不过，由于唐朝以后的封建王朝以科举考试选拔官员，但这种考试根本就不考数学，因而后来的官员大多没有什么数学知识，不具备实施数量化管理的能力。

067
西江月·回娘家

张家三女孝顺,归家频望勤劳,东村大女隔三朝,五日西村女到。

小女南乡路远,依然七日一遭,何朝齐至饮香醪? 请问英贤回报。

题意解释

张家有 3 个嫁出去的女儿,她们都经常回娘家看望父母。已知大女儿每 3 天回娘家一次,二女儿每 5 天回娘家一次,小女儿每 7 天回娘家一次,请问她们每隔多少天会在娘家碰面?

古人解法

以 3、5、7 相乘,得 $3 \times 5 \times 7 = 105$,所以,张家的 3 个女儿每隔 105 天会在娘家碰面。

现代解法

对于这个具体问题,现代解法与古人解法没有什么不同。然而,这是一种特殊的情形,即 3 个女儿回家的间隔时间 3、5、7 是没有公因数的 3 个数的情形。对于一般情形,即这些数有公因数的情形,问题就没有那么简单。

举个简单的例子:李家有两个女儿,她们回娘家的间隔分别是 4 天和 6 天。假如她们大年初一同时回娘家,那么,12 天之后,她们就又在娘家碰面了。也就是说,此时问题的答案并不等于 4 与 6 的乘积,而是 4 与 6 的最小公倍数!

这种情形有一个特点:如果两个女儿最开始回娘家的时间错开

一天，那么她们将永远不会在娘家碰面！所以，对于一般情形，要讨论女儿们何时在娘家碰面的问题，我们就必须讨论这些女儿最开始回娘家的时间的各种可能情形。比方说，对于 3 个女儿的情形，我们需要讨论开始时 3 个女儿同时回娘家，或者开始时其中某两个同时回娘家，或 3 个女儿一开始就没有同时回娘家……总之，问题不再简单。

对于 n 个女儿的情形，如果最开始她们同时回娘家，此后第 k 个女儿每隔 T_k 天回娘家一次，则她们在娘家碰面的间隔为 $T_1, T_2, \cdots, T_n$ 的最小公倍数。例如，如果 $n=3$，$T_1=4$，$T_2=6$，$T_3=9$，假设最开始 3 个女儿同时回娘家，那么她们将每隔 36 天在娘家碰面。但是，如果最开始她们不是同时回娘家呢？有兴趣的读者可以自己探讨这个问题。

文史点滴 嫁女

封建时代的未婚青年通常没有婚姻自主权，婚姻决定于"父母之命，媒妁之言"。缔结婚姻的过程通常是这样的：首先由媒人向男女双方的家长介绍潜在结婚对象的基本信息，双方都觉得合适之后，再由男方通过媒人向女方提亲，并请求女方的生辰八字，用迷信的方法判断双方是否适宜结婚。若男女双方"八字相合"，则认定适合结婚，之后男方送给女方事先商定的聘礼（俗称"彩礼"或"财礼"），然后与女方商量迎娶的日期。

古代的女子在嫁出之后，对娘家基本不负任何责任。本题中 3 个女儿如此频繁地回娘家探望父母，这不是古代百姓生活的常态。

068
工价几何歌

今有四人来做工，八日工价九钱银。
二十四人做半月，试问工钱该几分？

题意解释

已知 4 个人做 8 日零工的价钱是 9 钱白银，请问，如果 24 个人做 15 天零工，其工价总数是多少？

古人解法

将 24 人乘以 15 日，得 24 × 15 = 360。将这个得数乘以 9 钱，得 360 × 9 = 3240 钱。3240 钱除以 4 人，再除以 8 日，得 3240 ÷ 4 ÷ 8 = 101.25 钱。因此，总工价为白银 10 两 1 钱 2 分 5 厘。

现代解法

4 个人做 8 日零工，等于 1 人做 4 × 8 = 32 日零工，这 32 日零工的总工价是 9 钱白银，所以每人每日的工价等于 9/32 钱白银。

24 人做 15 日零工，等于 1 人做 24 × 15 = 360 日零工。所以，将 360 乘以 9/32 钱，即得到总工价；总工价为 360 × 9 ÷ 32 = 101.25 钱，即 10.125 两白银。

文史点滴 小工·工匠

古时候生产力低下，农民生活简朴，在婚丧嫁娶之外，普通农家最重大的事件就是修建房屋。房屋修缮的工程量大小不一，但房屋建造的工程量都比较大，通常都需要请外人帮忙才能完成。古代的农村没有劳务市场，因此，在需要雇用人工时，通常临时雇用本村或邻村有时间的普通农民，也就是"小工"。

小工是不需要专门技术或手艺的普通临时工，建造房屋需要有专门技术的匠人，主要包括泥瓦匠、木匠和石匠，他们都被尊称为"师傅"。泥瓦匠和木匠等匠人拥有普通农民所不具备的技术，因而其劳动报酬比小工高很多。

在传统农业社会，关于泥瓦匠和木匠的信息以口耳相传的方式在民众中传播，有需求的农家根据这些消息寻找合适的匠人。

古时候农民的生活虽然简朴，但除了泥瓦匠、木匠和石匠之外，他们有时还需要一些其他种类的工匠。例如，锄头、耙、犁等铁制农具的修理需要铁匠，炒菜锅漏了需要补锅匠，菜刀和剪子钝了需要磨刀匠，竹椅、簸箕、竹篾编成的凉席等坏了就需要竹篾匠。这些工匠中，多数补锅匠、磨刀匠和竹篾匠是流动工匠，他们挑着修理工具游走于村庄，提供上门修理服务。

069
粒米求程歌

庐山山高八十里，山峰峰上一黍米。
黍米一转止三分，几转转到山脚底？

题意解释

庐山山顶到山脚总路程为 80 里，1 粒黍米从山顶翻滚到了山脚。已知这粒黍米翻滚 1 圈的距离是 0.3 寸，请问它这一路总共翻滚了多少圈？

古人解法

1 里等于 360 步，1 步等于 5 尺，1 尺等于 10 寸，所以 80 里等于 $80 \times 360 \times 5 \times 10 = 1440000$ 寸。$1440000 \div 0.3 = 4800000$，所以从山顶到山脚，这粒黍米总共翻滚了 480 万圈。

现代解法

现代解法与古人解法完全一样。应该指出的是，我国的传统思维总体上是相当现实的，而古印度学者则想象力丰富而夸张。我国古代数学书中像本题这样充满想象力的算题中，有相当一部分源于从印度传入的数学问题。

文史点滴 五谷

传统文献说我国古代粮食作物有五种，它们合称"五谷"，但"五谷"究竟是哪五种作物却存在着不同的说法。然而，从东汉开始，以稻、黍、稷、麦、菽为"五谷"成为一种主流的观点，所以我们采纳这种说法。

五谷中的稻和麦至今仍然是主要的粮食作物，菽是豆类的总称，黍和稷具体是什么作物还存在争议，但通常被认为是两个不同品种的禾本科黍亚科作物，粗略地说，可以说是两种不同的"小米"。传统文献说，黍与稷的区别在于黍的黏性很强，稷则没有什么黏性。据此，我们也许可以认为，稷就是普通的小米，黍则是经常被称为"黄米"的黄色小米。

　　作物史研究表明，小米和水稻都原产于我国，小麦则是三四千年前从两河流域传入我国的外来作物。有意思的是，"来"字在甲骨文中就是活脱脱的一株禾本科植物，而"麦"字的上半部是一个"来"字，下半部是一只表示从远处走到近处的脚（楷书写成"夂"）。因此，"麦"字的构造本身就很可能包含着它是外来作物的意思。

　　事实上，外来的粮食作物对我国人口总数的发展起着非常重大的作用。在漫长的封建时代，小米、小麦和水稻的亩产都很低，我国的耕地总量因此长期制约着人口总数的增长。西汉后期我国的人口总数曾经达到将近6000万人，而1500年后，久享太平的明朝弘治后期，我国人口总数的官方数字仍然只有6000多万。

　　我国人口总数在清朝出现巨大飞跃，专家认为，最主要的原因是番薯和玉米这两种外来粮食作物的全面推广。这两种农作物都原产于美洲，在明朝中后期传入我国。由于容易种植而且产量颇高，它们从康熙年间开始被广泛种植，从而使我国的人口总数在其后200多年持续地快速增长。

070
排鱼求数歌

三寸鱼儿九里沟，口尾相衔直到头。
试问鱼儿多少数？请君对面说因由。

题意解释

有若干体长 3 寸的小鱼，它们首尾相接，在水沟里绵延 9 里，请问这些小鱼总共有多少条？

古人解法

1 里等于 360 步，1 步等于 5 尺，1 尺等于 10 寸，因此，9 里等于 9 × 360 × 5 × 10 = 162000 寸。162000 ÷ 3 = 54000，所以小鱼的总数为 54000 条。

现代解法

现代解法与古人解法完全一样。

文史点滴　鱼

人和鱼有一个共同的特点：他们都有一条脊椎。在动物分类学中，"脊椎动物"是一个非常大的门类，重要的是，鱼类是最古老的脊椎动物。

人类很早就以鱼类为食物，因而"鱼"字也是最古老的汉字之一。甲骨文中经常出现"鱼"字，字形基本上就像是一幅鱼的简笔图。商代晚期青铜器上的"鱼"字往往非常有趣，它们把鱼的形象刻画得活灵活现。

在汉字中,"鱼"通常作为鱼类名称的偏旁出现,"鲁"和"䲨"是少见的例外。"鲁"字的甲骨文字形如左图所示。除了作为姓氏,"鲁"字的主要意思是"愚钝",常见的"鲁莽"和"粗鲁"等一般情况下也被认为是贬义词。然而,"鲁"是西周时期周公儿子封国的名称,似乎不应该是一个贬义字,而且人们从它的甲骨文字形中也看不出"鲁钝"的意思。因此,清朝的大学者阮元认为,"鲁"字最初可能指鱼的美味,可能是"美"的意思。

"䲨"字也出现于商代甲骨和商周青铜器上,其字形是两条呈"接吻"状的鱼(如右图)。古人认为鱼的"接吻"动作是一种生殖行为,因此"䲨"字最初的含义可能就是"交媾",它大概就是"媾"的本字。有意思的是,研究发现,两条鱼之间的所谓"接吻"其实是它们争夺生存空间的争斗行为。

鱼在我国传统文化中具有两种重要的喻义,它不仅在年画中谐音"余",构成"连年有余"之类的祝福图案,而且也是爱情、性与繁衍的暗示。

071
推车问里歌

二人推车忙且苦，半径轮该尺九五。
一日推转二万遭，问君里数如何数？

题意解释

有一辆车的车轮半径是 1.95 尺，两个人推着这辆车赶路。已知车轮一天转了 20000 圈，请问这辆车一天走了多少里路？

古人解法

车轮半径乘以 2，得到车轮的直径，再乘以 3，得到车轮的周长为 1.95 × 2 × 3 = 11.7 尺。得数乘以 20000，得这辆车一天走过的路程为 11.7 × 20000 = 234000 尺。1 里等于 360 步，1 步等于 5 尺，所以 234000 尺等于 234000 ÷ 5 ÷ 360 = 130 里。也就是说，这辆车一天走了 130 里路。

现代解法

古人的算法采用"径一周三"，即以 $\pi \approx 3$ 进行近似计算。现代解法与这种解法的唯一不同点就是：我们在计算时会取 $\pi \approx 3.1416$。据此，答案约为

1.95 × 2 × 3.1416 × 20000 ÷ 5 ÷ 360 ≈ 136.14 里。

文史点滴　车

车是一种非常古老的发明，所以商、周的甲骨和青铜器上都多次出现"车"字，而其字形就是一辆车的样子。这些字很生动，所以我们有意多举几个例子：

这6个例子中，前面5个字都基本完整地描绘了商周时代典型的车辆的形态，第四个字最为完整，甚至画出了车厢。最后一个字很值得注意，它是西周晚期青铜器上的"车"字。这时的"车"字已经大大简化，只是完整的"车"的一个轮子，与楷书"車"字已经没有什么区别。

从上面的图中我们可以看到，这种车前部有两个套在牲口脖子上的"轭"，可见这种车以两匹马或牛作动力，这与本题中的"车"是不同的。本题说"二人推车忙且苦"，可见是依靠人力推动的。

事实上，古代农家通常比较贫穷，大多养不起用来拉车的大型牲畜，因此他们用于运输的车辆通常是人力车。古代的人力运输车主要有两种，即"板车"（下左图）和"独轮车"（下右图）。独轮车可以行驶于狭窄而崎岖的山路，有些历史学家认为，诸葛亮为伐魏而发明的"木牛流马"中的"木牛"，很有可能就是独轮车。

072
西江月·迟疾求平

甲乙同时起步，其中甲快乙迟，甲行百步且交立，乙才六十步矣。

使乙先行百步，甲行起步方追，不知几步方追及，算得扬名说你。

题意解释

甲、乙两个人中，甲走路的速度比乙快。如果同时起步，那么当甲走出100步时，乙行走的路程只有60步。如果在乙先走出100步之后，甲才起步追赶，那么，甲需要走多少步才能赶上乙？

古人解法

将甲走100步乘以乙先走100步，得数为 $100 \times 100 = 10000$，将这个得数作被除数。将甲走100步减去乙走60步，得 $100 - 60 = 40$ 步，将这个得数用作除数。

被除数除以除数，得 $10000 \div 40 = 250$，这就是甲赶上乙所需要追行的步数。换句话说，甲追赶250步之后就能赶上乙。

现代解法

假设甲追赶 x 步之后赶上乙。由于乙先走了100步，所以这段时间内乙所走的距离为 $x - 100$ 步。时间等于距离除以速度，所以我们得到：

$$\frac{x}{100} = \frac{x - 100}{60}。$$

等式两边同时乘以300，可以去掉分母：

$$\frac{x}{100} \times 300 = \frac{x-100}{60} \times 300,$$

$$3x = 5(x-100)。$$

因此，

$$3x = 5x - 500,$$

$$x = 500 \div (5-3) = 250。$$

文史点滴 *诗词凑字*

本题《西江月》的第四句是"乙才六十步矣"，它有一个非常明显的缺点：为了凑足六个字并且押韵，它在句子末尾生硬地塞入一个"矣"字。我们说过，这本书的诗词水平本来就不高，还因为数学题材的限制经常不合格律，因此，这些诗词本身是不值得学习诗词者效仿的作品。而且诗词硬凑字数是相当低级的弊病，如果用来凑数的是"矣""哉"等虚词，弊病就更加明显，需要引起诗词爱好者的注意。

乾隆皇帝是我国历史上诗作最多的诗人，他创作的诗词竟然多达四万多首！不过，乾隆的诗中经常有凑字的现象，其《睇佳榭》诗中的"柳暗花明矣，鸢飞鱼跃哉"，就是用虚词"矣"和"哉"生凑律句的例子。乾隆凑字的诗词作品有很多，我们在这里举一个例子：

> 迩日春云常作阴，副名需复冀甘霖。
> 郊原润溽宜耕矣，而我仍怀不足心。
> ——《春雨轩口号》

073
行程问日歌

三藏西天去取经，一去十万八千程。
每日常行七十五，问公几日得回程？

题意解释

唐僧去西天取经，路程为108000里，假如他每天走75里，请问多久才能走到？

古人解法

108000÷75=1440，所以唐僧需要走1440日才能走到西天。按1年360日计算，1440日就是1440÷360=4年，因此我们可以说，唐僧需要走4年的时间才能到达取经的目的地。

现代解法

问题很简单，与古人算法相同。

文史点滴 程·方程

现代汉语常用的双音词中有很多含有"程"字，例如章程、规程、程序、程度、进程、日程、过程、路程、行程等。然而，"程"字的本义是什么？它成为这些双音词的组成部分的原因何在？能正确回答这两个问题的人并不多。

"程"字的本义是什么？多数学者根据古书，认为它是"称量谷物"的意思，并因此被用作度量衡的总名。但是，这其实并不是所有古汉语学者的一致意见。

近几十年面世的秦朝至汉初的竹简数学书中出现过许多与"程"

相关的算题。例如，张家山汉简《算数书》中有"程竹""取程""程禾""取枲程"等算题，并且算题中反复出现以"程曰"开始的语句。这些古老的数学书是很重要的第一手资料，它们似乎包含着"程"字本义的重要线索。事实上，战国中期以后的秦国对农业生产实行相当严格的数量化管理。从这些算题看，作为名词，"程"是官方关于农业生产的数量化规定以及规定的执行办法；用作动词时，"程"就指对这些规定的具体执行。

总之，无论"程"的原始意思是什么，它很早就含有"规定""准则"的意思，这正是"章程"和"规程"构词的根据。"程"本身包含规定的执行细则或步骤，"程序"和"过程"的构词思路及词义也因此显而易见。由于长途旅行需要有所规划，特定时间段内的工作需要仔细安排，于是就产生了"行程""日程"等词语。此外，我们不难发现，"程度"和"进程"的词义源于从"规程"引申出的"限度"意思，而"路程"和"里程"则显然是由"行程"而来的派生词。

值得一提的是数学中的"方程"这一术语。"方"在这个词中是"并列""并用"的意思，而"规定"在数学上体现为等式，因此，"方程"的原义是多个等式并用以求解数学问题的方法。引申为名词的话，《九章算术》中的"方程"就相当于现代数学所说的"方程组"。换句话说，将单个等式称为"方程"，其实是数学界积非成是的误用。

074
苏武留胡歌

当年苏武去北边，不知去了多少年。
分明记得天边月，二百三十五番圆。

题意解释

作为使节出使匈奴的苏武，因为汉朝与匈奴关系恶化而被长期扣留。已知苏武在匈奴总共经历了235次月圆，请问他被扣留了多少年？

古人解法

苏武在匈奴经历了235次月圆，也就是说他在匈奴居住了235个朔望月。将235除以12，得235÷12≈19.583。除法所得的整数商是19，从235中减去19×12，余数为235－19×12＝7。由于农历19年恰好有7个闰月，所以235个朔望月正好就是19年。

现代解法

一个朔望月的长度大约为29.5306天，苏武被匈奴扣留了235个朔望月，总共大约是235×29.5306＝6939.69天。

一个回归年的长度大约为365.2422天，因此，苏武在匈奴居住了大约6939.69÷365.2422≈19.0002年。很明显，尾数0.0002在我们近似计算的精确度范围内没有意义，所以我们可以说苏武在匈奴住了整整19年。

文史点滴　苏武·农历·闰月

苏武是我国历史上忠君爱国的典型，因为汉朝与匈奴关系恶化，作为汉朝使节的苏武曾经被匈奴扣留长达19年之久，但他坚守民族气节，始终没有投降。

　　与本题相关的话题中，最值得一提的是我国的农历。农历在我国的使用至少已经有3000多年的历史，其特点是以月亮的圆缺周期作为一个"月"的长度，而以两次春分的间隔作为一"年"的长度。用现代术语来说，农历的"月"是"朔望月"，"年"是"回归年"。这种历法中"月"的长度取决于月亮围绕地球旋转的周期，"年"的长度则取决于地球围绕太阳公转的周期，因而历法由月亮与太阳共同决定。与"太阳"相对应，月亮在古代也称为"太阴"，因此，农历是一种"阴阳历"，它不是纯粹的"阴历"。

　　如上所说，一个朔望月长约29.5306天，一个回归年长约365.2422天，$365.2422 \div 29.5306 \approx 12.3683$，即一年比12个月多出大约0.3683月。农历的一个平常年份被定为12个月，为了"消化"多出的0.3683月，农历每隔三年或两年就需要增加一个"闰月"。因此，农历中有闰月的年份总共有13个月。

　　汉朝以前，闰月总是放在一年的最后，当时每年从十月开始至九月结束，因而闰月就被称为"后九月"。后来，我国的历法专家以哲学为依据，制定了相当复杂的闰月设置规则。

　　一个月的长度并不恰好等于30天，所以农历有30天的"大月"和29天的"小月"，一个月的"大"或"小"需要根据月亮运动的细节来计算。闰月的设置规则与大、小月及二十四节气紧密相关。如果大、小月与节气的计算不准确，闰月的设置时间就有可能不正确。然而，大、小月与节气的计算问题本质上是复杂的天体力学问题，直到明朝末年，这些问题才由欧洲来华的传教士精确地解决了。

075
市场税布歌

昨日街头干事毕，闲来税局门前立。
见一客持三百布，每匹必须税二尺。
贴回铜钱六百文，收布一十五半匹。
不知每匹卖几何，只言每匹长四十。

题意解释

明朝官方对卖布商贩的每匹布收取 2 尺布的商业税。有一位商人持有 300 匹布，税务局收税时收了他 15.5 匹布，但为找零又返还商人 600 文铜钱。已知这些布每匹长 40 尺，请问布价每匹多少钱？

古人解法

每匹布收税 2 尺，300 匹布的商业税共为 300 × 2 = 600 尺。1 匹布的长度为 40 尺，15.5 匹布的总长为 15.5 × 40 = 620 尺。税务局收取 620 尺布，而应该收取的税为 600 尺布，因此，税务局多收的布为 620 - 600 = 20 尺。他们返还布商 600 文铜钱，所以 20 尺的价格就是 600 文，1 匹等于 40 尺，所以每匹布的价格为 600 ÷ 20 × 40 = 1200，即 1200 文铜钱。

现代解法

本题现代的解题思路与古人没有什么不同，只是现代人通常会用列方程的办法求解。

文史点滴 干·乾·幹

简体字与繁体字之间并不是一一对应的关系。有时候，一个简体字对应着多个意思与起源都不同的繁体字，简体字"干"就是其中的一例。除去异体字不算，简体的"干"字对应着"干""乾""幹"三个意思与起源各不相同的汉字。

"干"本来是一个古老的汉字，它的字形似乎有两种来源，它既是"干戈"的"干"（即盾牌），又有"河岸"的意思（"岸"字的构成是"山崖"+"干"）。从第一个意思引申，这个"干"字就具有"冒犯"的意思，因此产生"干犯""干涉"等词语。

简化成"干"的"乾"也写作"乹"，它与"湿"相对，意思是水分很少或完全没有水分。这个字从"没有水分"的含义出发，引申出含有"没有"这个意思的用法，"干杯"和"干巴巴"等词语中的"干"原来就是这个字。

本题第一句说"昨日街头干事毕"，其中的"干"字对应的繁体字是"榦"和"幹"。这个字读去声，本义指动物或植物躯体的主要部分，"躯干"和"树干"二词所用就是本义。后来，这个字从"躯干"引申出"才干"的意思，用作动词，就演变成"办""做"的意思。因此，"干事"的意思就是"办事""做事"。

有意思的是，在宋朝的官制中，官员的级别和具体职务是相互分离的。官员的具体职务称为"差遣"，差遣中有一种名为"干办公事"，简称"干办"，相当于后来的"干事"。此外，"干部"是一个从日语引入的外来词，它在日语中就写作"幹部"。

076
鹧鸪天·龟鳖同池

三足团鱼六眼龟，共同山下一深池，九十三足乱浮水，一百二眼将人窥。

或出没，往东西，倚栏观看不能知，有人算得无差错，好酒重斟赠数杯。

题意解释

池子里有两种珍稀动物，一种是长着 2 只眼睛和 3 条腿的"三足鳖"，另一种是长着 6 只眼睛和 4 条腿的"六眼龟"。已知这些动物总共有 93 条腿和 102 只眼，请问这两种动物各有多少只？

古人解法

首先，列出如下式子：

3 条腿　　4 条腿　　93 条腿
2 只眼　　6 只眼　　102 只眼

然后，前两列数交叉相乘，即将 3 条腿与 6 只眼相乘，$3 \times 6 = 18$；将 4 条腿与 2 只眼相乘，$4 \times 2 = 8$。两数相减，得 $18 - 8 = 10$。以这个数为除数。

接下来，后两列数也交叉相乘，即将 93 条腿与 6 只眼相乘，$93 \times 6 = 558$；将 4 条腿与 102 只眼相乘，$4 \times 102 = 408$。两数相减，得 $558 - 408 = 150$。以这个数为被除数。

将被除数除以除数，$150 \div 10 = 15$，这就是三足鳖的数目。

每只鳖有 3 条腿，所以 15 只鳖共有 $15 \times 3 = 45$ 条腿。从总共 93 条腿中减去 45 条腿，余数为 $93 - 45 = 48$ 条腿。每只龟有 4 条腿，所以六眼龟的数目等于 $48 \div 4 = 12$。

总结以上计算，我们得到：池子中总共有三足鳖15只，六眼龟12只。

现代解法

假设池子中有 x 只三足鳖和 y 只六眼龟，据已知条件，我们得到：

$3x + 4y = 93$，

$2x + 6y = 102$。

将第一个等式两边同时乘以6，第二个等式两边同时乘以4，则得

$(3 \times 6)x + (4 \times 6)y = 93 \times 6$，

$(2 \times 4)x + (6 \times 4)y = 102 \times 4$。

两式相减，我们就消去未知数 y，得到一个关于未知量 x 的等式：

$[(3 \times 6) - (2 \times 4)]x = 93 \times 6 - 102 \times 4$。

据此，我们得到

$x = [93 \times 6 - 102 \times 4] \div [(3 \times 6) - (2 \times 4)] = 15$。

将 $x = 15$ 代入第一个等式，就可以得到 $y = 12$。

文史点滴　三足鳖·六眼龟

题目中的两种动物让人感到稀奇，但它们其实各有典故。三足鳖的典故与大禹治水有关：古籍记载禹的父亲鲧治水失败后"其神化为黄能"，古代很多学者都认为"能"是一种稀有的三足鳖。

关于六眼龟有一个有趣的典故：有一回苏东坡去拜访吕大防，吕大防白天睡觉，很久才出来接待。苏东坡想变着法儿发牢骚，于是故意说吕家养的绿毛龟毫不稀奇，说是六眼龟才算难得。吕大防不知道六眼龟为何物，苏东坡笑着解释说，五代时外国曾经进贡过一只六眼龟，一位滑稽演员曾开玩笑说它眼睛多三倍，所以睡一觉等于别人睡三觉。

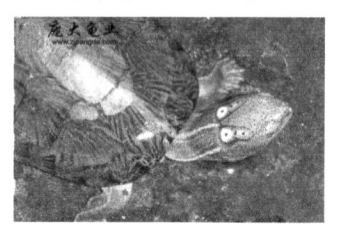

苏东坡用六眼龟的故事抱怨吕大防睡觉时间太久，而现实世界中也确实有所谓的"六眼龟"：它头上有四个斑块，看起来确实像是有六只眼睛。

077

西江月·数羊

甲乙隔沟放牧，二人暗里参详，甲云得乙九个羊，多你一倍之上。

乙说得甲九只，两家之数相当，二边闲坐恼心肠，画地算了半晌。

题意解释

甲、乙两人各有一群羊。甲对乙说，如果你给我9只羊，那我的羊就比你的羊多一倍；乙却对甲说，如果你给我9只羊，那我的羊就和你的羊一样多了。已知甲、乙两个人的话都是正确的，请问他们各有多少只羊？

古人解法

甲家羊群数目加上9等于乙家羊群数目减去9的2倍。以前一个数字为20份，从乙处挪来的9只羊为1份，相减，则甲家羊群数目为19份。

相似的，乙家羊群数目加上9恰好等于甲家羊群数目减去9。以这个数为10份，从甲处挪来的9只羊为1份，相减，则乙家羊群数目为9份。

现在，甲有羊19份，每份为9只，总数为19×9 = 171只；乙有羊9份，每份为9只，总数为9×9 = 81只。两数相减，得171 – 81 = 90；折半，90 ÷ 2 = 45，这就是乙家羊群数目。从171只羊中减去乙家的45只，然后折半，(171 – 45) ÷ 2 = 63，这就是甲家羊群数目。

现代解法

古人解法的正确性并不容易说明，现代人用列方程的办法，正

确性则显而易见：设甲家有 x 只羊，乙家有 y 只羊，则据已知条件，我们得到

$x + 9 = 2(y - 9)$，

$x - 9 = y + 9$。

两个等式相减，得

$(x + 9) - (x - 9) = 2(y - 9) - (y + 9)$，

即

$18 = 2y - 18 - y - 9$，

$18 = (2 - 1) y - 27$。

所以，$y = 18 + 27 = 45$。将 $y = 45$ 代入第二个方程，很容易就可以得到：

$x = 45 + 9 + 9 = 63$。

文史点滴 晌·计时制度

我国古代没有钟表，所以一两个小时以内的时间长度经常用不精确的方式来表示，例如"一顿饭的工夫""一炷香的工夫"等。本题最后一句说"画地算了半晌"，其中的"半晌"同样也是时间长度的一种粗略表达。

我国古代把一天分成 12 个"时"（也称为"时辰"），由于现代将一天分成 24 等分，其一等分的时长只有"时"的一半，所以称作"小时"。

为了更准确地计时，古人使用带有刻度的漏壶，漏壶水位下降一个刻度的时长就称为一"刻"。一天的"刻"数在古代经历过多次变化。在南北朝时期，梁武帝首次把一天定为 96"刻"，按照这种规定，一"刻"的时长与现代完全相同，都等于 15 分钟。

078
凤栖梧 · 凑百羊

甲赶群羊逐草茂，乙拽肥羊一只随其后，戏问甲及一百否？ 甲云所说无差谬。

若得这般一群凑，再添半群、小半群，得你一只来方凑，玄机奥妙谁参透？

题意解释

甲正赶着1群羊的时候，乙恰好拉着1只羊走在甲的后面。乙开玩笑地问甲：你的羊有没有100只？甲回答说：我的羊加上1群、再加上半群、再加上1/4群，然后把你那只羊也算上，那就正好100只。请问甲的羊群总共有多少只羊？

古人解法

100只减去1只，得99只。1群加上半群再加上1/4群，总共是 1 + 1 + 1/2 + 1/4 = 2.75群。2.75群羊共99只，所以1群羊共有99÷2.75 = 36只。

现代解法

现代算法与古人相同，只是现代人习惯于列方程。

文史点滴 小半·大半·五岳

从字形上看，"少"和"小"只差最后一笔，而"大"和"太"也只差最后一笔。这些差别是古人有意为之的结果。"少"与"太"是后起的，

根据"小"与"大"的字形创造出来的派生字，表达的意思也与原字非常接近。例如，"泰山"古称"太山"，表达的不过是（华东的）"大"山的意思。

在古代数学书中，最简单的三个分数各有专门的名称，其中，二分之一称为"半"，三分之一称为"少半"，而三分之二则称为"太半"。但由于字形相近而字源相同，"太半"在古书中也经常写作"大半"。例如，《汉书·高帝纪》说"今汉有天下太半"，为《汉书》作注释的韦昭说："凡数三分有二为大半，有一分为少半。"正文说"太半"而注释作"大半"，可见古人认为它们没有区别。

相似的，从字源与字义的角度看，古代数学书中的"少半"也经常被写成"小半"。然而，值得注意的是：本题中"小半"并不是传统的"三分之一"的意思，它所表示的是"四分之一"。很奇怪吧？那么，这种容易混淆的用法是怎么产生的呢？答案是：这很可能根源于古代的历法计算，因为，在古代的历法计算中，历算家们经常以小半、半、大半分别表示1/4、1/2和3/4。

我们刚刚说过，泰山是华东地区海拔最高的山峰，它位于现在的山东省，与湖南的衡山、河南的嵩山、陕西的华山、山西的恒山合称"五岳"。其中，泰山位居东方，所以被称为"东岳"，并被尊为五岳之首。

079
七马轮骑歌

今有程途二千七，十八人骑马七匹。
言定十里轮转骑，各人骑行怎得知？

题意解释

18个人一起赶路，他们总共有7匹马。如果总路程为2700里，他们商定骑马者与步行者每10里进行轮换，那么他们每人骑马与步行各多少里？

古人解法

将2700里除以18人，得每人2700÷18＝150里。将这个得数与7匹马相乘，得150×7＝1050里。因此，每人骑马1050里，步行2700－1050＝1650里。

现代解法

每10里骑马与步行轮换，而总人数为18人，因此，每经过180里，每个人都恰好可以轮换到7次骑马，共骑行70里。所以，只要总里程数为180里的倍数，那就可以做到公平轮换。由于本题的总里程数为2700里，是180里的15倍，所以可以做到公平轮换。每个人骑马的里程数都相同，都等于总里程数的7/18，也就是2700×7/18＝1050里。

理所当然的，每个人步行的里程数等于总里程数减去骑马的里程数，即2700－1050＝1650里。

文史点滴 /滴·骑·镫

右下图是两个商代甲骨上的文字，第一个字所表达的意思很清楚，大家都知道它就是"骑"的意思。第二个则不然，有的古文字学家认为它是第一个字的简化形，因此也是"骑"的本字。

那么，骑马是不是有点"奇怪"的行为？或许不是，至少对于北方的游牧民族来说肯定不是。然而，骑马并不是一件很容易的事，在没有马镫的时代尤其不容易。

在没有马镫的时代，在马背上稳定住身体是具有相当难度的技巧。如果使用分量重的长柄大刀左劈右砍，没有马镫的骑手容易因为失去平衡而落马。正是出于这个原因，西汉前期与飞将军李广抗衡的匈奴骑兵都以弓箭为主要武器，关羽实际上使用的是长矛类兵器，而不是传说中重达82斤的青龙偃月刀。

后来发明的双侧马镫是挂在马的腹部两侧的脚踏，它支撑骑乘者的脚，同时解放他们的双手，使骑兵既可以一边骑行一边射箭，也可以在马背上大幅度地左右摆动，使用重型大刀劈砍敌人。

原始的马镫可能起源于匈奴，但成熟的马镫则应该是中原人的发明。考古成果表明，我国在晋朝开始出现铁制的单侧马镫，在南北朝时期出现铁制的双侧马镫。重要的是，马镫是改变历史的发明，它使骑兵在很长的历史时期内成为威力最为恐怖的兵种。

080
口粮几何歌

三人二日四升七,一十三口要粮吃。
一年三百六十日,借问该粮多少食?

题意解释

每 3 个人 2 日需要口粮 4.7 升。已知某家庭共有 13 口人,假如 1 年以 360 日计算,那么他们 1 年需要多少口粮?

古人解法

将 1 个人 1 日所吃的粮食记为 1 份,则 13 口人 1 年需要 360 × 13 = 4680 份口粮。如果每份口粮为 4.7 升,则所需口粮为 4680 × 4.7 = 21996 升。由于 4.7 升事实上是 3 个人 2 日的口粮,也就是 2 × 3 = 6 份口粮,因此 13 口人 1 年需要的口粮为 21996 ÷ 6 = 3666 升,也就是 366.6 斗或 36.66 石,也可以说是 36 石 6 斗 6 升。

现代解法

与古人解法没有什么不同。

文史点滴 口粮

现在的中国人每顿所吃的主粮通常在 200 克以下,这比以前国人每顿食粮的分量要少许多。

新中国成立的前 30 多年里,城市居民的粮食是定量供应的。政府根据户籍情况,按月向城市居民定量发放购买粮食的凭证——粮票,而居民则凭粮票购买粮食。在那个年代,没有粮票就买不到粮食和粮食产品。

在使用粮票的时代，每个成年城市居民的口粮定量通常是每月30市斤，折合每天500克。三餐的分量按1∶2∶2计算的话，那时成年人午餐和晚餐平均大约每顿吃200克粮食。

本题中的平均口粮是每人每日约783毫升，通常大米的堆密度约为每1000毫升750克，因此，本题的口粮日定量大约是783×0.75≈587克，与使用粮票的时代差别不大。

然而，秦汉时期的口粮定量则有些出人意料。例如，出土文献和传世文献都说，秦汉时期的平均口粮是每人每月15斗小米，重劳力的口粮则达到每月20斗。按岳麓书院所藏的秦简《数》记载的小米密度换算，15斗和20斗小米的重量大约为22.5千克和30千克，分别折合每天750克和1000克。可见，秦汉时期的平均口粮消耗量比现在要大许多。

兵马俑的高大，让人觉得秦朝的人长得也相当高大，其实秦汉时期的成年人比现代人要矮，那时成年男子的平均身高估计在165厘米之下。参照他们的身高，上述古人的食量就显得有些惊人了。

那么，古人为什么吃那么多粮食呢？这并不难解释，主要原因有两个：一是他们基本上没有肉吃，身体所需要的热量几乎全部来自主粮；二是他们基本上都从事体力劳动，热量的消耗比我们要多。

081
诸葛将兵歌

诸葛统领八员将，每将又分八个营。
每营里面排八阵，每阵先锋有八人。
每人旗头俱八个，每个旗头八队成。
每队更该八个甲，每个甲头八个兵。

题意解释

诸葛元帅统率 8 员将领，每员将领麾下有 8 个营，每个营分成 8 个阵，每个阵有 8 名先锋，每名先锋率领 8 个旗头，每个旗头掌管 8 个队，每个队共有 8 个甲，每个甲共有 8 个兵。请问，诸葛元帅帐下总共有多少士兵？

古人解法

以 1 为初始数值，1 × 8 = 8，得到 8 员将领；8 × 8 = 64，得到 64 个营；64 × 8 = 512，得到 512 个阵；512 × 8 = 4096，得到 4096 名先锋；4096 × 8 = 32768，得到 32768 个旗头；32768 × 8 = 262144，得到 262144 个队；262144 × 8 = 2097152，得到 2097152 个甲；2097152 × 8 = 16777216，得到 16777216 名士兵。

现代解法

元帅、将、营、阵、先锋、旗头、队、甲、兵总共是 9 个级别，所以士兵总数为 8 自乘 8 次，即 8^8 = 16777216 名。

需要指出的是，这个问题计算出的士兵总数超过 1677 万人，这与现实相差太远。世界上没有哪个国家拥有如此庞大的军队。（事实上，三国时期的大部分时间里，蜀国军队的规模不超过 10 万人。）

文史点滴　八阵图

　　《三国志·诸葛亮传》说，诸葛亮"推演兵法，作八阵图，咸得其要云"。八阵图显然在蜀汉的对外战争中曾经起到很重要的作用，所以杜甫才会说"功盖三分国，名成八阵图"。但是，"八阵图"具体是什么样子的，至今也没有人知道，它早就成为一个千古谜题。

　　因为名称相近，很多人把"八阵图"和"八卦阵"混为一谈。"八阵图"可能是多个用战车防御骑兵的战术阵形，而"八卦阵"则是一种在通俗小说中被神化了的阵法。

　　宋代兵书《虎钤经》曾经记述一种"八卦阵"，它的名称取自其"八面受敌之象"。这个"八卦阵"与"飞鹗阵""重霞阵""长虹阵"一样，不过是该书第八十七章提到的四种阵法之一。

　　在通俗小说中，"八卦阵"设有休、生、伤、杜、景、死、惊、开总共八"门"。它一方面被吹得神乎其神，另一方面却只要"从正东生门打入，往西南休门杀出，复从正北开门杀入，则此阵可破"，又显得十分幼稚。很显然，小说中的所谓"八卦阵"只是丝毫没有战争经验的说书人的信口开河。

　　宋朝特别重视兵法，因此关于阵法的学问也相当兴盛。但是，宋神宗自己却说"近日臣僚所献阵图，皆妄相炫惑，无一可取"，觉得大都没有什么实用价值。事实上，宋神宗认为，阵形的方、圆、曲、直、锐五种变化，才是朴实可用的阵法，因此将它们称为"五阵"。

082
以索量竿歌

一条竿子一条索，索比竿子长一托。
折回索子却量竿，却比竿子短一托。

题意解释

已知绳子比竹竿长 5 尺，而绳子对折之后却比竹竿短 5 尺，请问绳子和竹竿的长度分别是多少尺？

古人解法

绳子对折之后比竹竿短 5 尺，将所短的 5 尺加倍，得 1 丈，与绳长比竿长多出的 5 尺相加，得 1 丈 5 尺，这就是竹竿的长度。再加上 5 尺，即得绳子的长度为 2 丈。

现代解法

假设绳子长度为 x 尺，竹竿的长度为 y 尺，则据已知条件，我们得到如下等式：

$x - y = 5$,

$y - \dfrac{1}{2}x = 5$。

第二个等式乘以 2，再与第一个等式相加，得到

$(x - y) + (2y - x) = 5 + 5 \times 2$,

化简，即得到

$y = 15$。

由 $x - y = 5$，得到绳子的长度 x 为 20 尺。

事实上，由于绳子长度与竹竿长度的关系非常简单，这个题可

以用一元一次方程求解：假设竹竿的长度为 y 尺，则绳子长度为 $y+5$ 尺。由于绳子对折之后比竹竿短 5 尺，各加 1 倍，则绳子的长度比 2 根竹竿的长度短 10 尺。因此，我们得到：

$$2y - 10 = y + 5,$$

于是，竹竿的长度为

$$y = 10 + 5 = 15 \text{ 尺},$$

而绳子的长度为

$$y + 5 = 15 + 5 = 20 \text{ 尺}。$$

文史点滴 / 托·寻·常

本题中有一个写作"托"的长度单位，它的长度等于 5 尺。这个长度单位原指成人两臂左右平伸时两手之间的距离，它很可能起源于长江流域的民间。由于这个单位有音而无字，所以民间按照它的读音将它写成"托"。

"庹"字原本只是一个姓，由于它的字形像"尺度"的"度"，底下又有一个"尺"字，而且读音又与"托"相近，所以被明朝后期的学者梅膺祚定为"托"这个长度单位的正规用字。

"庹"是一个生僻字，我们甚至可以说它有些不"寻常"。有趣的是，"寻"和"常"这两个和"托"一样的"寻常"汉字，却也双双都是长度单位！古人规定"八尺曰'寻'，倍寻曰'常'"，也就是说，1"寻"等于 8 尺，1"常"等于 16 尺。事实上，有些专家认为右上图中的甲骨文字就是"寻"字。果真如此的话，那么"寻"与"庹"表示的是相同的意思，都是两臂平伸时两手间的距离！

因为"寻"和"常"都是长度单位，所以"寻常"可以与数字构成对仗，杜甫的名句"酒债寻常行处有，人生七十古来稀"，就以"七十"对"寻常"。此外，宋诗中有"寻常曾入三更梦，咫尺空论万里心"，以"咫尺"对"寻常"，字面上是以长度单位对长度单位，其对仗相当工整。

083
听客分银歌

隔墙听得客分银，不知人数不知银。
七两分之多四两，九两分之少半斤。

题意解释

有一伙人商量平均分若干银子，如果每人分 7 两银子，则银子剩下 4 两；如果每人分 9 两银子，则银子缺少 8 两。请问他们共有多少人？银子共有多少两？

古人解法

列出以下式子：

　　分 7 两　　多出 4 两
　　分 9 两　　缺少 8 两

两行交叉相乘，即将 7 两与 8 两相乘，9 两与 4 两相乘，分别得到 $7 \times 8 = 56$ 和 $9 \times 4 = 36$。两个得数相加，得 $56 + 36 = 92$，以这个得数为计算银子总数时的被除数。

以第一列的两个数相减，得 $9 - 7 = 2$，以这个得数为除数。两个得数相除，得到 $92 \div 2 = 46$，因此银子总数为 46 两。

将第二列的两个数相加，得 $4 + 8 = 12$，以这个得数为计算人数时的被除数，除以前面所得的除数 2，得 $12 \div 2 = 6$，因此这伙人总共为 6 人。

现代解法

以上算法是古代的"盈不足"法。现代人用列方程的办法求解，计算与古人相似，但道理明确易懂。

假设这伙人总共为 x 人，所分银子总数为 y 两，根据已知条件，我们得到：

$7x + 4 = y$，

$9x - 8 = y$。

两个等式相减，得

$(7x + 4) - (9x - 8) = y - y = 0$，

整理得

$(7 - 9)x + (4 + 8) = 0$。

因此，我们得到这伙人的总人数为

$x = (4 + 8) \div (9 - 7) = 12 \div 2 = 6$。

将 $x = 6$ 代入第一个方程，得到银子总数为

$6 \times 7 + 4 = 46$ 两。

文史点滴 币制

我国大多数朝代都以钱和黄金为货币，钱通常用铜、铅、锡合金铸造（有时也铸造铁钱）。钱的形状外圆内方，是主要的流通货币，使用时按个数计算。黄金使用时通常按重量计算价值，由于价值很高，日常交易中并不经常使用。

铜钱的重量各朝代轻重不一，秦朝流通最广的半钱重量大约略重于5克，汉朝的五铢钱重量约为3.3克。唐朝初期的铜钱每10个重1唐朝两，每个铜钱大约重4.1克。

元明两朝都将白银列为正式货币，也都曾大量发行和使用纸币。明朝铜钱与纸币并用，但纸币贬值严重，经常只能按面值的一半兑换铜钱。白银在明朝后期成为主要的流通货币之一，但交易时以重量计算价值，经常需要凿碎，使用起来也并不方便。

清朝同样兼用铜钱、纸币和白银，但清朝后期铸造不同面值的银币，最终消除了白银称重使用带来的不便。

084
浪淘沙·牧童分瓜

昨日独看瓜，因事来家，牧童盗去眼昏花，信步庙东墙外过，听得争差：

十三俱分咱，十五增加，每人十六少十八，借问人、瓜各有几？已会先答。

题意解释

牧童们要平分偷摘的一些瓜，如果每人分 13 个瓜，那么瓜将剩下 15 个；如果每人分 16 个瓜，那么瓜将缺少 18 个。请问牧童总共有几人？瓜总共有多少个？

古人解法

将多出 15 个瓜与缺少 18 个瓜相加，得 15 + 18 = 33 个。将每人分 16 个与每人分 13 个相减，得 16 − 13 = 3。将 33 除以 3，得牧童的人数为 33 ÷ 3 = 11 人。将所得 11 人乘以每人 16 个瓜，再减去不足的 18 个瓜，得到瓜的总数为 11 × 16 − 18 = 158 个。

现代解法

假设牧童总共有 x 人，所摘的瓜总共有 y 个，则根据已知条件，我们得到：

$13x + 15 = y$，

$16x - 18 = y$。

两个等式对比，就可以得到

$13x + 15 = 16x - 18$，

整理得

$15 + 18 = (16 - 13)\,x$。

因此，我们得到牧童的人数为

$x = (15 + 18) \div (16 - 13) = 33 \div 3 = 11$。

将 $x = 11$ 代入第一个方程，得到瓜的总数为

$y = 13 \times 11 + 15 = 158$ 个。

文史点滴 瓜

"瓜"是一个古老的汉字，从它的楷书写法中，我们仍然可以隐约地看出它是一个象形字。

葫芦科植物是世界上最重要的食用植物，蔬菜和水果中有很多都是葫芦科植物。除了葫芦和匏子之外，它们大多数都称为"瓜"，其中著名的有黄瓜、丝瓜、西瓜、香瓜、冬瓜、南瓜，等等。

这些"瓜"中有很多并不原产于我国。例如，据史书记载，黄瓜是汉朝的张骞出使西域时带回中国的，它一开始称为"胡瓜"。公元4世纪时，后赵皇帝石勒因为自己是羯族人而忌讳"胡"字，才把它改名为"黄瓜"。

香瓜也叫作"甜瓜"，这个物种起源于非洲，但可能在汉朝之前就已经传入我国，名闻天下的哈密瓜原本是香瓜的一个品种。

西瓜和南瓜也都是外来物种。关于西瓜，比较流行的观点是它的原生地在非洲，大约唐朝末年到五代时传入我国。南瓜原产中、南美洲，欧洲人登陆美洲后带回欧洲，在明朝后期传入我国。

瓜的藤蔓四处延伸，一根藤上可能结出很多个瓜，所以它在我国传统文化中是一个重要的象征符号，成语"瓜瓞延绵"出自《诗经》，是祝颂子孙繁盛的传统吉语。

085
李家房客歌

我问开店李三公，众客都来到店中。
一房七客多七客，一房九客一房空。

题意解释

李三公经营一家小旅馆，有一天来了一些客人。如果每7位客人合住1间客房，则有7位客人没有房间可住；如果每9位客人合住1间客房，则客房会空出1间。请问客人总共有多少位？旅馆的客房总共有多少间？

古人解法

如果每9位客人合住1间客房，客房会空出1间，这可以说成客人少了9位。因此，我们可以列出如下式子：

　　每房7人　　多出7人
　　每房9人　　缺少9人

交叉相乘，即每房7人与缺少9人相乘，得 $7 \times 9 = 63$ 人；每房9人与多出7人相乘，得 $9 \times 7 = 63$ 人。两数相加，得 $63 + 63 = 126$ 人，这是计算客人总数时的被除数。

将每房9人与每房7人相减，得数为 $9 - 7 = 2$，这是计算客人总数时的除数。被除数126除以除数2，得到客人的总数为 $126 \div 2 = 63$ 人。

从63人中减去7人，剩余56人，除以每间客房7人，得到客房总数为 $56 \div 7 = 8$ 间。

现代解法

在现代人眼中，这个问题与前两个算题一样，都是一个二元一次方程组的求解问题，所以我们略去本题的现代解法。

文史点滴 / 旅店

上古时期人民远距离出行极少，生活也很简朴，因此没有营业性旅店。从春秋时期开始，各诸侯国对远离国都的地方的管理开始比较细致，各地之间的文书传递、命令传达、物资运送以及人员护送成为重要的行政事务，因此出现了官方设置的专门供应这些出公差者食宿的"传舍"或"驿站"。战国时期，商人四处经商，士人经常到异国寻求机会，民间长距离旅行逐渐增多，民营旅店也开始出现。不过，由于资料缺乏，具体情形我们已经无法了解。

关于上古时的旅店，《史记·扁鹊仓公列传》有这样一段文字：

扁鹊者，勃海郡郑人也，姓秦氏，名越人。少时为人舍长。舍客长桑君过，扁鹊独奇之，常谨遇之。长桑君亦知扁鹊非常人也。出入十余年，乃呼扁鹊私坐，间与语曰："我有禁方，年老，欲传与公，公毋泄。"扁鹊曰："敬诺。"乃出其怀中药予扁鹊："饮是以上池之水，三十日当知物矣。"乃悉取其禁方书尽与扁鹊。忽然不见，殆非人也。扁鹊以其言饮药三十日，视见垣一方人。以此视病，尽见五藏症结，特以诊脉为名耳。

在《史记》这个故事中，扁鹊年轻时"为人舍长"，就是别人开设的旅店的经理。从这个记载看，战国时期确实存在民间经营的旅店。

但是，这个故事最有意思的地方是关于扁鹊医术的记述：一个叫"长桑君"的老人送给扁鹊一包神药，扁鹊喝下之后，"视见垣一方人"，眼睛变成能够隔墙看人的透视眼，因此看病时"尽见五藏症结"，根本用不着望、闻、问、切。他给人看病时"特以诊脉为名"，可见号脉只是扁鹊掩盖其透视神功的手段。然而，人类的眼睛是否真的能够变成透视眼？作为具有科学素养的现代人，我们当然会有自己的判断。

086
西江月·分瓜不平

几个牧童闲耍，张家园内偷瓜，将来林下共分拿，三人七枚便罢。

分讫剩余一个，内有伴哥兜搭，四人九个又分拿，又余两个厮打。

题意解释

牧童们要平分偷来的瓜，如果每 3 人分 7 个瓜，则瓜会剩下 1 个；如果每 4 人分 9 个瓜，则瓜会剩下 2 个。请问总共有几个牧童？瓜的总数又是多少？

古人解法

列出下列式子：

   每 3 人 分 7 个瓜

   每 4 人 分 9 个瓜

交叉相乘，即 3 人与 9 个瓜相乘，得 $3 \times 9 = 27$；4 人与 7 个瓜相乘，得 $4 \times 7 = 28$。两数相加，得 $27 + 28 = 55$，加上两种分瓜方式所剩下的 1 个瓜和 2 个瓜，总共是 $55 + 1 + 2 = 58$。将这个数折半，$58 \div 2 = 29$，得到瓜的总数为 29 个。此外，以 3 人与 4 人相乘，得到牧童总数为 $3 \times 4 = 12$ 人。

现代解法

需要特别指出的是：古人上述解法是错误的，是知道答案之后生凑出来的错误的计算过程。现在，我们用列方程办法来求解：

假设牧童总数为 x 人，瓜的总数为 y 个，根据已知条件，我们得到：

$$\frac{7}{3}x + 1 = y,$$

$$\frac{9}{4}x + 2 = y。$$

比较两个等式，我们得到：

$$\frac{7}{3}x + 1 = \frac{9}{4}x + 2。$$

两边同时乘以12，可以去掉分母，从而得到：

$(4 \times 7)x + 1 \times 12 = (3 \times 9)x + 2 \times 12,$

因此，

$(4 \times 7 - 3 \times 9)x = 24 - 12 = 12。$

于是，牧童的总数为 $x = 12 \div (4 \times 7 - 3 \times 9) = 12$ 人。由 $y = 7x/3 + 1$，得到瓜的总数为 $7 \times 4 + 1 = 29$ 个。

文史点滴 二十四节气

围绕太阳的旋转称为"公转"，地球南北极的连线与公转的平面并不垂直，因此太阳光射向地球的角度随时间不同而变化。这种变化以一年为周期，阳光直射地球的位置以赤道→北回归线→赤道→南回归线→赤道的循环周而复始。自古以来，人类就把阳光直射赤道的时刻称为"分"，把上述循环中的四个时刻依次称为"春分""夏至""秋分"和"冬至"，它们合称"二分二至"，把一个太阳年分成了四份。

将回归年分成四份的做法是历史悠久的人类文化遗产，我国传统则更进一步，把一个回归年分成二十四份，相应的分点就是二十四节气。它们依次是：立春、雨水、惊蛰、春分、清明、谷雨；立夏、小满、芒种、夏至、小暑、大暑；立秋、处暑、白露、秋分、寒露、霜降；立冬、小雪、大雪、冬至、小寒、大寒。

二十四节气是根据太阳的位置而确定的，它们本质上属于"阳历"。在没有公历的中国古代，它们代替阳历"月"指导农民适时进行农业生产，具有使百姓"不误农时"的功用。

087
牧童分杏歌

牧童分杏各争竞，不知人数不知杏。
三人五个多十枚，四人八枚两个剩。

题意解释

牧童们要平分一些杏，如果每3人分5个杏，则杏会多出10个；如果每4人分8个杏，则杏将剩下2个。请问总共有几个牧童？杏的总数又是多少？

古人解法

列出下列式子：
  每3人 分5个杏
  每4人 分8个杏

交叉相乘，即3人与8个杏相乘，得 $3 \times 8 = 24$；4人与5个杏相乘，得 $4 \times 5 = 20$。两数相减，得 $24 - 20 = 4$，以这个得数为除数。

以3人与4人相乘，得数为 $3 \times 4 = 12$，以两种分杏方式的剩余数相减，得数为 $10 - 2 = 8$。两数相乘，得数为 $12 \times 8 = 96$。除以前面得到的除数4，得到牧童的总数为 $96 \div 4 = 24$ 人。

此外，以剩余10个乘以24，以剩余2个乘以20，两数相减，得数为 $10 \times 24 - 2 \times 20 = 200$。除以前面所得的除数4，得到杏的总数为 $200 \div 4 = 50$ 个。

现代解法

现代解法与上一题相同，所以我们略去具体的解题细节。

文史点滴　花信风

二十四节气除了具有指导农时的实际功用，还是非常具有人文气息的文化遗产。在把一年分成二十四份之外，古人还把小寒之后的120天细分成二十四个等份，这就是"二十四番花信"。"二十四番花信"没有什么实际功用，但它是我国特有的、极富诗情画意的文化遗产。

成书于秦的《吕氏春秋》说："春之德，风；风不信则花不盛，花不盛则果实不生。"古代文人常常兼做哲学家，他们认为春天的"风"信守气候变化的规律，各种花也应时而开，向人间通报春天到来的信息。花与"风"相对应，所以这些花是"花信"，相应的"风"则是"花信风"。

紧接在冬至之后的节气是小寒，按照五代时期著名学者徐锴《岁时记》的说法，小寒之后"阳气日生"，此后每五天就有一番花信。二十四番花信依次是：梅花、山茶、水仙；瑞香、兰花、山矾；迎春、樱桃、望春；菜花、杏花、李花；桃花、棠棣、蔷薇；海棠、梨花、木兰；桐花、麦花、柳花；牡丹、荼蘼、楝花。其中，梅花、山茶、水仙称为"小寒三信"，此后每三种花一组，依次对应大寒、立春、雨水、惊蛰、春分、清明、谷雨等节气，最后的荼蘼和楝花标志着春天的结束，同时也标志着夏天的开始。所以古诗既说"开到荼蘼花事了"，也说"楝花开后风光好，梅子黄时雨意浓"。

顺便说一句，附图是著名漫画家丰子恺的作品，所题"二十四番花信后，晓窗犹带几分寒"出自南宋何应龙的《晓窗》绝句。

088
粮长犒夫歌

今有粮长犒劳夫，不分老幼唱名呼。
每人七个多三个，五个却多四十五。

题意解释

纳粮工作进展顺利，负责的粮长决定犒劳农夫。他如果奖励每名农夫7文钱，那么手上的钱将会剩下3文；如果奖励每名农夫5文钱，那么他手上的钱将会剩下45文。请问农夫总共有几名？粮长手上的钱总共是多少文？

古人解法

列出如下式子：

　　　　每人7文　　　多3文
　　　　每人5文　　　多45文

45文减去3文，得数为45 - 3 = 42；7文减去5文，得数为7 - 5 = 2。两数相除，得农夫人数为42 ÷ 2 = 21。每人分7文，所以将7乘以21，得21 × 7 = 147；加上3文，得粮长手上的钱数为147 + 3 = 150文。

现代解法

假设粮长手上共有 x 文钱，农夫共有 y 名，据已知条件，我们可以得到如下等式：

$x = 7y + 3$,
$x = 5y + 45$。

两式相减，我们就可以消去未知数 x：

$0 = (7 - 5)y + 3 - 45$，

从而求得农夫的人数为

$y = (45 - 3) \div (7 - 5) = 42 \div 2 = 21$。

将求得的 y 值代入第一个等式，就可以求得粮长手上的钱数为 $x = 7 \times 21 + 3 = 150$。

文史点滴 粮长·里长

从唐朝后期开始，我国南方就是国家的主要粮食生产基地，因而也是明朝主要的田粮征收地。正因此，明朝特别重视对浙江、直隶（大致包括现在的江苏、安徽和上海）、湖广（大致包括湖南和湖北）以及福建的田粮征收。在这些省份大致按每年征收一万石田粮分区。每一个区域任命一个大地主充当"粮长"，负责该区域田粮的征收。粮长对官府负征收田粮的责任，但官府既没有授予他们正式的官职，也不给他们发放俸禄。

粮长向其负责区域内的百姓征收田粮，看起来既很威风也很有地位。在明朝初年，他们也大多可以借征收田粮的机会捞到好处。然而，明朝中期以后，百姓普遍贫困，全额征收田粮变得越来越困难，粮长变成经常需要自掏腰包贴补征收缺额的苦差事。

我国从秦汉时期就开始建立起由"县""乡""里"构成的三级基层管理架构。一个"里"通常有 100 户左右，由当地有名望的人轮流担任"里正"或"里长"，负责所在里差役的调派和田粮的催收。明朝以前没有"粮长"，田粮的征收通过"县""乡""里"三级结构层层催缴。明朝的粮长与"县""乡"结构有交叉，每个粮长负责的区域很大，通常包括属于不同乡的许多个里，因而他们只能依靠里长来完成征收田粮的任务。正因此，在农民普遍贫困化的时期，由于田粮无法足额征收，里长会受到上级包括鞭打在内的责罚，因而同样是一桩苦差事。

089
居或有竹歌

林下牧童闹如簇，不知人数不知竹。
每人六竿多十四，每人八竿恰齐足。

题意解释

牧童们要平分一些竹竿，如果每人分 6 根竹竿，则竹竿还剩 14 根；如果每人分 8 根竹竿，则竹竿恰好分完。请问牧童总共有几个？竹竿总共有几根？

古人解法

以每人分 8 根竹竿与每人分 6 根竹竿相减，得 8 − 6 = 2，以这个得数为除数。以剩余 14 根竹竿为被除数，两数相除，得牧童总数为 14 ÷ 2 = 7 人。以 7 人乘以 8 根竹竿，得到竹竿总数为 7 × 8 = 56 根。

现代解法

因为已知条件比较特殊，这个问题可以用一元一次方程求解：假设牧童总数为 x 人，则根据第二个已知条件，竹竿的总数为 $8x$ 根。如果每人分 6 根竹竿，所有牧童总共将分得 $6x$ 根竹竿。因此，根据第一个已知条件，我们得到：

$$8x = 6x + 14。$$

据此，我们很容易求出牧童的人数 x，以及竹竿的总数 $8x$。

文史点滴 /岁寒三友/

在我国的传统社会里，竹子用途极广，是至关重要的生产和生活资料。在造纸术成熟、纸得到广泛应用之前，我国在大约一千年的时间内都以竹简为记录文字的主要介质。在日常生活中，大竹管用作量器，小竹管制作毛笔。竹篮、竹箱、竹筐、凉席、竹椅、簸箕等许多日用器具都是竹篾制品。

古人经常把自己的志趣、志向寄托在对特定事物的记叙或描写之中，他们用不同的植物象征不同的品格。例如，因为莲花"出污泥而不染"，就成为高洁品格的象征。

相似的，竹子四季常青，在寒冬中依然翠绿，因而象征着不屈服于严酷现实或黑暗势力的品格。此外，梅花在寒冬开放，松树挺拔、耐寒而不凋零，都是相似品格的象征。因此，古人把松、竹、梅合称"岁寒三友"，用以激励自己在逆境中保持气节。

在我们介绍过的"二十四番花信"中，杏花、李花、桃花位于正中间的位置，可以说是最能代表春天的花信。因此，古人把它们与"岁寒三友"相提并论，撰写出"松竹梅岁寒三友，桃李杏春风一家"的著名对联。

需要指出的是，由于在不同方面具有不同的特征，一种植物可能同时象征着多种不同的品格。就竹子而言，由于竹节中空，所以古人用它象征"虚心"；由于竹子有竹节，所以古人用它象征"有气节"；由于竹子遇到重压时弯而不折，所以它象征着"柔中有刚"的做人原则；而竹子的视觉形象，又给人以挺拔洒脱、正直清高、清秀俊逸的感觉。加上前述"逆境中保持初心"的品格，可以说，竹体现着我国古代文人全部的人格追求。

090
隔墙分绫歌

隔墙听得客分绫，不知绫数不知人。
每人六匹少六匹，每人四匹恰相停。

题意解释

若干个旅客在旅店里平分一些绫，如果每人分 6 匹绫，则绫的总数还差 6 匹；如果每人分 4 匹绫，则绫正好可以分完。请问这些旅客总共有几人？他们的绫总共有几匹？

古人解法

列出以下式子：

每人 6 匹　　少 6 匹
每人 4 匹　　不多不少

不多不少与少 6 匹相减，得数为 6 - 0 = 6；每人 6 匹与每人 4 匹相减，得数为 6 - 4 = 2。两数相除，得旅客人数为 6 ÷ 2 = 3。每人恰好可以分到 4 匹绫，所以绫的总数为 3 × 4 = 12 匹。

现代解法

现代人列方程求解，前面已有多个同类算题，此处从略。

需要说明的是，以上几个题都是"盈不足"类问题，但其平分结果有剩余（盈）、不足、恰好（适足）等情形。由于我国传统中并没有数学意义上的负数概念，所以古人对"一盈一不足""两不足""一盈一适足"等情形都需要特别讨论。现代人有负数概念，所以这些问题在现代人眼里没有本质区别。

文史点滴 诗律小结

我们前文陆续介绍了一些关于诗词格律的基本知识。现在，我们在这里把其重点内容做一个小结。

我们主要谈唐朝的"近体诗"，即通常所说的"格律诗"，主要包括五言律诗、五言绝句、七言律诗、七言绝句。

其一是平仄。我们先把现代普通话的阴平声和阳平声当作平声，把上声和去声当作仄声。然后，我们设法（例如利用自己所说方言中的声调）从现代普通话的平声字中找出古代读入声的字，把它们划归仄声。这样，我们基本上就区分出了古代的平声和仄声。

其二是律句。五言诗的律句总共只有四种，我们可以用王之涣的《登鹳雀楼》来帮助记忆：

⊗仄平平仄，平平仄仄平；
⊕平平仄仄，⊗仄仄平平。

这四个律句中，第一句、第三句以仄声字结束，所以称为"仄脚"句；另两句以平声字结束，所以称为"平脚"句。

七言诗的律句也只有四种，它们是在五言律句前面加上平仄与其后相异的两个字而得到的。

其三是诗韵。格律诗的用韵基本上遵守《平水韵》，这本韵书我们之前有过简单的介绍，由于读音的变化，现代人写格律诗时需要参考这本韵书。

其四是声律结构。首先，从第一句开始，每两句构成一"联"。如果诗的第一句押韵，那么，第一联就是两个不同的平脚句。除此之外，每一联都是平仄"相反"的两个律句，其构成要么像前述四种律句的第一句和第二句，要么像前述四种律句的第三句和第四句。

后联前一句的第二个字与前联后一句的第二个字的平仄必须相同，这是诗律中的"粘"。按照"粘"的规则，我们可以根据第一句确定出全诗的声律结构。

其五是对仗。律诗的第二联和第三联通常需要对仗，即在声律之外的、文字结构上的对偶。

最后，不符合格律的诗句称为"拗"句。出现"拗"时，为了使诗歌的声律和谐，通常需要按特定的方式调整本句或对句的格律，这种做法称为"救"。

0.91
逢朋添酒歌

今携一壶酒，游春郊外走。
逢朋添一倍，入店饮斗九。
相逢三处店，饮尽壶中酒。
试问能算士，如何知原有？

题意解释

某人带了一只酒壶到郊外游玩，他的酒壶中原来有酒，但数量不明。这人每遇到一位朋友，就一起进入酒馆，先让酒馆将酒壶中酒的数量加倍，然后与朋友一起喝掉1.9斗。遇到第三位朋友之后，这人酒壶中的酒正好喝完。请问，这人的酒壶中原来有多少酒？

古人解法

将1加倍，得2；再加倍，得4。1、2、4相加，得7。以7乘以每次所喝的1.9斗，得 $7 \times 1.9 = 13.3$ 斗。将13.3斗连续3次除以2，得到酒壶中原来的酒为 $13.3 \div 8 = 1.6625$ 斗，即1斗6升6合2勺5撮。

现代解法

设酒壶中原来的酒为 x 斗。遇到第一位朋友时，酒被加倍为 $2x$ 斗，喝去1.9斗，剩余 $2x - 1.9$ 斗；遇到第二位朋友时，酒被加倍为 $2 \times (2x - 1.9)$ 斗，喝去1.9斗，剩余 $2 \times (2x - 1.9) - 1.9$ 斗；遇到第三位朋友时，酒被加倍为 $2 \times [2 \times (2x - 1.9) - 1.9]$ 斗，喝去1.9斗后正好喝完。因此，我们得到：

$2 \times [2 \times (2x - 1.9) - 1.9] - 1.9 = 0,$

化简：

$2 \times [2^2 x - 2 \times 1.9 - 1.9] - 1.9 = 0$，

$2^3 x - 2^2 \times 1.9 - 2 \times 1.9 - 1.9 = 0$。

$2^3 x - (2^2 + 2 + 1) \times 1.9 = 0$。

所以

$2^3 x = (2^2 + 2 + 1) \times 1.9$，

$x = 7 \times 1.9 \div 8 = 1.6625$。

文史点滴 五行

本题的场景是郊外春游，草木在春天到来时重新焕发生机，春游时节的郊外一片青翠。有意思的是，在我国传统哲学的"阴阳五行说"中，"木""青""春"也通过简洁的对应关系紧密地联系在一起。

水星、金星、火星、木星、土星是太阳系中人类用裸眼可以看到的所有大行星，中国古代哲学以木、火、土、金、水合称"五行"，认为它们承载着宇宙的根本原理。在古人的心目中，世间的方方面面都与五行存在着整齐的对应关系，例如，人的体内有"五脏"，眼睛所见有"五色"，舌头所尝有"五味"，方位中有"五方"，如此等等。

在古人罗列的对应关系中，五行中的"木"居于"东"，对应的季节是"春"，对应的颜色是"青"，对应的味道是"酸"。那么，这些对应是怎么想出来的呢？原来，古人发现北斗七星的斗柄指向与四季之间存在对应关系，《鹖冠子》说"斗柄东指，天下皆春"，所以"东"就对应于"春"。春天草木生长，颜色青翠，所以在五行中就对应于"木"，在五色中就对应于"青"；而古人说植物果实的味道是酸的，因此就对应着五味中的"酸"。

为了与五行对应，古人在春、夏、秋、冬之外增添一个"长夏"，硬生生地把"四季"变成"五季"。这种貌似机智的做法，恰恰启发了后人对五行学说的怀疑。

092
沽酒探亲歌

昨日沽酒探亲朋，路远迢遥有四程。

行过一程添一倍，却被安童盗六升。

行到亲家门里面，半点全无在酒瓶。

借问高明能算者，几何原酒要分明。

题意解释

某人提着酒壶去拜访亲友，他的酒壶中盛有数量不明的酒。这人的行程分成4段，每1段他都将酒壶中酒的数量增加1倍，但都被随行的仆人偷偷喝掉6升。到达亲友家门口时，这人发现他的酒壶里居然滴酒不剩。请问：这酒壶中原来有多少酒？

古人解法

将1加倍，得2；再加倍，得4；再加倍，得8。将1、2、4、8相加，得数为15。以15乘以仆人每次喝掉的6升，得 6 × 15 = 90 升。将90升连续4次除以2，得到酒壶中原来的酒为 90 ÷ 16 = 5.625 升，即5升6合2勺5撮。

现代解法

设酒壶中原来的酒为 x 升，通过与前一算题同样的分析过程，我们可以得到如下等式：

$$2^4 x = (2^3 + 2^2 + 2 + 1) \times 6,$$

因此，

$$x = 15 \times 6 \div 16 = 5.625。$$

文史点滴 安童·梅香

题目的第四句是"却被安童盗六升",其中"安童"一词是"仆人"的意思。在漫长的封建时代,封建王朝大多允许或变相允许人口买卖,贫民也往往因为贫困而出卖自己或子女的人身自由,成为他人的终身奴仆或契约奴仆。因此,奴仆的存在是我国古代的普遍现象。奴仆中很多从小就已经被卖为奴仆,他们被古人称为"僮",但也可以写成"童"。例如,书生的少年奴仆就经常被称为"书童"。在汉语的双音化过程中,单音词需要向双音词转变,而古人迷信,他们图吉利而求平安,所以男性的"僮"在元明时期的白话中就经常被称为"安童"。

与男性奴仆一样,女性奴仆在我国古代也是极为普遍的存在。宋朝以后,年少的女仆在口语中因为其发式而被称为"丫鬟"。这些女性奴仆的主人拥有给她们重新命名的权利,而经过长期的积淀,给女性奴仆的命名在五代之后形成了相当固定的偏好:"梅香""秋香"以及类似的组合成为女性奴仆常见的名字,"梅香"也从丫鬟的常见名字演变成年轻女仆的代称。

安童(特别是书童)和梅香在元朝以后的戏剧和白话小说中都是常见的角色。他们在古代笑话中也时常出现,我们在这里向大家介绍两则颇有意味的笑话:

书童挑着书生的行李,与书生一起步行到省城参加科举考试。一阵风来,将书生挂在行李担上的帽子吹落到地上,书童赶紧对书生说:"相公,您的帽子落地了。"由于古代称科举考试被录取为"及第",未被录取为"落第",而"落地"与"落第"同音,书生听到后觉得不吉利,于是告诉书童说:"以后不要说'落地',要说'及地'。"书童连声称是。过了一会儿,书童兴高采烈地对书生说:"相公,我把帽子牢牢地拴在扁担上了,咱们就是走到京城,它也永远不会及地了。"

李夫人从别人手中买来一名丫鬟,这名丫鬟刚进家门,李夫人就对她说:"我以前的丫鬟名叫'梅香',所以你以后就叫作'梅香'吧。"丫鬟回答说:"好的,我以前的主人叫'王夫人',以后我也叫您'王夫人'吧。"

093
西江月·逢人添酒

待客携壶沽酒，不知壶内金波，逢人添倍又相和，共饮斗半方可。

添饮还经五处，壶中酒尽无多，要知原酒无差讹，什么法儿方可？

💡 题意解释

某人提着酒壶出门拜访朋友，他的酒壶中盛有数量不明的酒。每遇到一位朋友，他就将酒壶中酒的数量加倍，然后与朋友一起喝掉1.5斗。遇到第5位朋友之后，这人酒壶中的酒正好喝完。请问这人的酒壶中原来有多少酒？

✏️ 古人解法

将1加倍，得2；再加倍，得4；再加倍，得8；再加倍，得16。将1、2、4、8、16相加，得数为31。以31乘以每次喝掉的1.5斗，得$1.5 \times 31 = 46.5$斗。将46.5斗连续5次除以2，得到酒壶中原来的酒为$46.5 \div 32 = 1.453125$斗，即1斗4升5合3勺1撮2抄5圭。

💡 现代解法

设酒壶中原来的酒为x斗，通过与前两个算题同样的分析过程，我们可以得到如下等式：

$$2^5 x = (2^4 + 2^3 + 2^2 + 2 + 1) \times 1.5,$$

即

$$x = 31 \times 1.5 \div 32 = 1.453125。$$

文史点滴　古代酒器·玉东西

我国出土的商、周青铜器非常之多，其中有很多贵族使用的酒器，它们可以粗略地分为"盛酒器"和"饮酒器"两大类。其中，彝（yí）、卣（yǒu）、罍（léi）都是容量大的盛酒器，尊和壶也是盛酒器，但容量相对较小。饮酒器同样名目繁多，爵、角、觚（gū）、斝（jiǎ）、觥（gōng）都是常见的饮酒器。据《韩诗说》所载，"一升曰爵，二升曰觚"，可见这些酒器容量比现代饮用白酒的小酒杯要大很多（以下配图依次是卣、罍、尊、爵、角、觚）。

值得在这里指出的是，古时候所谓的"杯"也经常用作饮酒器，但与现代的杯子在形状上差别很大，它们是椭圆形、双耳、无足的容器（如右图）。有意思的是，"玉东西"是北宋开始流行的一个与酒有关的词汇，但关于玉东西究竟是什么，一直存在着不同的观点。然而，在玉东西出现不久，著名学者吕大临就曾引别人的话说："汉高祖以玉杯为太上皇寿，以横长故，后人谓之'玉东西'。"由于古代宴客时主人坐北朝南，因而"横长"是东西方向，也就是说，包括吕大临在内的一些古人认为，玉东西是椭圆"横长"的玉质酒杯。

094
催还本利歌

本利年年倍，债主催速还。
一年取五斗，三年本得完。

题意解释

某人以高利率借贷了若干斗粮食，每年的利率等于所借粮食的数额。这人每个年底偿还债主 5 斗粮食，3 年后连本带利还清。请问他原来借贷的粮食是多少？

古人解法

将 1 加倍，得 2；再加倍，得 4。将 1、2、4 相加，得数为 7。以 7 乘以每次所还的 5 斗，得 7 × 5 = 35 斗。将 35 斗连续 3 次除以 2，得到原来借贷的粮食数量为 35 ÷ 8 = 4.375 斗，即 4 斗 3 升 7 合 5 勺。

现代解法

设此人借贷的数额为 x 斗。第一年年底时，本利相加为 $2x$ 斗，偿还 5 斗，剩余数额为 $2x - 5$ 斗；第二年年底时，本利相加为 $2 \times (2x - 5)$ 斗，偿还 5 斗，剩余数额为 $2 \times (2x - 5) - 5$ 斗；第三年年底时，本利相加为 $2 \times [2 \times (2x - 5) - 5]$ 斗，偿还 5 斗，剩余数额为 $2 \times [2 \times (2x - 5) - 5] - 5$ 斗。此人在第三年年底正好还清本利，因此，

$$2 \times [2 \times (2x - 5) - 5] - 5 = 0,$$

即

$$2^3 x - (2^2 + 2 + 1) \times 5 = 0,$$
$$x = 7 \times 5 \div 8 = 4.375。$$

文史点滴 利息

本题的利息是年利100%,这是利息非常高的高利贷。古代借贷的利息通常都比较高,但一般情况下,利息还是远低于100%,我们在这里举几个例子。

1984年出土的张家山汉简《算数书》中有一道"息钱"算题,说"贷钱百,月息三";《九章算术》有一道算题说"今有贷人千钱,月息三十"。这两道算题告诉我们,汉朝借贷利息大致在月息3%,即所谓的"月息三分"。

北宋王安石推行青苗法,规定"凡春贷十千,半年之内便令纳利二千"。这相当于说,官方借给农民的青苗钱的年利为40%,折算起来,相当于月息3.33%,即"月息三分三厘三毫"。

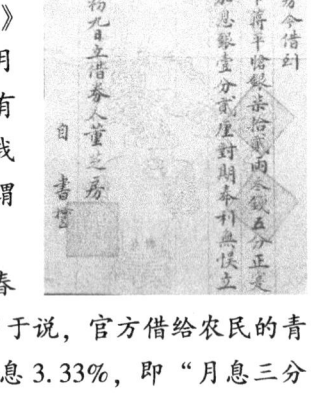

右上图是一张清朝道光十年(公元1830年)的民间借据,其中声明月息是"壹分贰厘",即月息1.2%。左图是一张民国十二年(公元1923年)的民间借据,利息是"月息壹分壹厘",即月息1.1%。

从这些例子我们看到,按年计算利息的话,古代借贷的年息大多在10%到40%。

095
鹧鸪天·百兔纵横

百兔纵横走入营,凡多男女斗来争。一人一个难拿尽,四只三人始得停。

来往聚,闹纵横,各人捉得往家行。英贤如果能明算,多少人家甚法评。

题意解释

若干人一起围捕 100 只野兔,每 3 人捕获 4 只后,所有野兔尽数落网。请问参与围捕的有多少人?

古人解法

以 100 乘以 3,再除以 4,得到人数为 $100 \times 3 \div 4 = 75$。

现代解法

此题过于简单,完全不必讲解。

文史点滴 兔

本题说"百兔纵横走入营",这些兔子在野外乱跑,看起来应该是野兔而不是家养的兔子。事实上,学术界多数专家认为,我国人工养殖的兔子是明朝晚期之后才从欧洲引入的。这样一来,由于此题最早出现于 1450 年编成的《九章算法比类大全》中,题中的兔子自然就应该是野兔了。

由于野兔机敏，捕捉不易，再加上我国明朝以前没有养殖家兔，所以古人对兔子的了解极为有限。因为对兔子的不了解，更因为古代文人习惯于不做实际调查而信口开河，所以古代文献中就出现了很多荒谬可笑的关于兔子的说法。下面，我们就来举三个有趣但发人深省的例子：

其一，东汉王充在其著作《论衡》里说："兔吮毫而怀子，及其子生，从口而出。"北宋陆佃进一步发挥，说兔子"吐而生子，故谓之兔"。这就是说，新生的兔子是从母亲的嘴里吐出来的。这种动物之所以叫作"兔"，正是因为这种奇特的生殖方式。

其二，西晋崔豹的《古今注》说："兔口有缺，尻有九孔"，意思是说，兔子的肛门很特别，总共有九个排泄孔。

其三，东汉王逸在注解《楚辞·天问》中的"顾菟在腹"时，说"顾菟"是生长于月亮的兔子；三国时期的鱼豢接着说"兔者明月之精"；西晋的张华又继续发挥想象力，说兔子"望月而孕"。于是，后来的文人就断定"天下兔皆雌，唯顾兔为雄"，所以地球上的兔子才"望月而孕"。

小兔子是从母兔的嘴巴中吐出来的？兔子的肛门有九个孔？地球上的兔子都是母的？母兔子通过凝望月亮而受孕？这些说法我们现在都觉得极其荒谬。但是，它们全部出自古代著名学者之口，并且后世的无数文人都相信并传播这些说法。例如，宋元之际著名学者胡三省在注解《资治通鉴》时就说："兔，兽名，口有缺，尻有九孔，舐毫而孕，生子从口出。"

值得一提的是，李时珍的《本草纲目》被很多人看作是伟大的医药学和博物学著作。但是，该书卷51中引述了以上所有荒谬的说法，却仅仅指出"兔无雄"是"不经之说"，对于"尻有九孔"和"吐而生子"，却一点点反对意见都没有。

096
绢布问价歌

今有布、绢三十匹，共卖价钞五百七。
四匹绢价九十贯，三匹布价该五十。
欲问绢、布各几何？价钞各该分端的？
若人算得无差讹，堪把芳名题郡邑。

题意解释

某人出售总数为 30 匹的布和绢，总售价为 570 贯钞。已知 4 匹绢的售价是 90 贯钞，3 匹布的售价是 50 贯钞，请问这些纺织品中布和绢分别是多少匹？它们分别卖得多少钱？

古人解法

列出如下式子：

  价 90 贯 价 50 贯   共 570 贯
  绢 4 匹   布 3 匹   共 30 匹

先以上行左数 90 为乘数，分别乘以下行的中数和右数，将得数写入式子，得到

  价 90 贯 价 50 贯   共 570 贯
  绢 4 匹   布 3 匹 得 270 共 30 匹 得 2700

再以下行左数 4 匹为乘数，分别乘以上行的中数和右数，将得数写入式子，得到

  价 90 贯 价 50 贯 得 200 共 570 贯 得 2280
  绢 4 匹   布 3 匹 得 270 共 30 匹 得 2700

两行的中得数相减，得 270 - 200 = 70；两行的右得数相减，得 2700 - 2280 = 420。结果相除，得 420 ÷ 70 = 6。

将上述得数 6 乘以下行的中数 3 匹，得到布的数量为 6 × 3 = 18 匹；乘以上行的中数 50 贯，得到它们的售价为 6 × 50 = 300 贯。以总数 30 匹减去布 18 匹，得到绢的数量为 30 − 18 = 12 匹，以总价 570 贯减去布价 300 贯，得到绢的售价为 570 − 300 = 270 贯。

现代解法

古人的解法与现代解法一样，都是列方程求解，但现代的写法简洁而清楚：

假设布的数量为 x 匹，绢的数量为 y 匹，据已知条件，我们得到

$x + y = 30$，

$\dfrac{50}{3}x + \dfrac{90}{4}y = 570$。

将第一个等式两边同时乘以 20，将第二个等式两边同时乘以 12，再同时除以 10，得到

$20x + 20y = 30 × 20 = 600$，

$20x + 27y = 57 × 12 = 684$。

两个等式相减，得

$(27 − 20)y = 684 − 600 = 84$。

所以，绢的数量为

$y = 84 ÷ (27 − 20) = 12$ 匹。

将 $y = 12$ 代入第一个等式，得到布的数量为 $x = 30 − 12 = 18$ 匹，而布和绢的售价也立刻可以据此计算出来。

文史点滴 / 贯·串

为使用方便，古人把铜钱"贯""串"在一起，以"贯"和"串"为实用货币单位。通常，"贯"指的是一千个铜钱的连贯，而一"串"理论上则是一百个铜钱。不过，流通中的"串"所含的铜钱从来都只有数十个。例如，北宋初期一"串"通常有 80 个铜钱，数十年后有的地方就已经减少到 48 个！

097
西江月·笔砚价格

甲借乙家七砚，还他三管毛锥，贴钱四百整八十，恰好齐同了毕。

丙却借乙九笔，还他三个端溪，一百八十贴乙齐，二色价该各几？

题意解释

已知 7 个砚台的价格等于 3 支毛笔的价格加上 480 文钱，9 支毛笔的价格等于 3 个砚台的价格加上 180 文。请问砚台和毛笔的单价分别是多少钱？

古人解法

列出如下式子：

砚正 7　　笔负 3　　　　价正 480
砚正 3　　笔负 9　　　　价负 180

将下行中数负 9 和右数负 180 分别乘以上行左数正 7，将上行中数负 3 和右数正 480 分别乘以下行左数正 3，并将得数写入上式，则我们得到

砚正 7　笔负 3　得负 9　价正 480　得正 1440
砚正 3　笔负 9　得负 63　价负 180　得负 1260

上行中得数减去下行中得数，两数皆负，故为 63 - 9 = 54；上行右得数减去下行右得数，两数一正一负，故得数为 1440 + 1260 = 2700。两个得数相除，得到毛笔的单价为 2700 ÷ 54 = 50 文。因此，3 支毛笔的总价为 3 × 50 = 150 文，与 480 文相加，得 7 个砚台的总价为 150 + 480 = 630 文，因而砚台的单价为 630 ÷ 7 = 90 文。

现代解法

假设砚台的单价为 x 文，毛笔的单价为 y 文，据已知条件，我们得到

$7x - 3y = 480$，

$3x - 9y = -180$。

将第一式两边同时乘以 3，第二式两边同时乘以 7，则

$(7 \times 3)x - (3 \times 3)y = 480 \times 3 = 1440$，

$(3 \times 7)x - (9 \times 7)y = -180 \times 7 = -1260$。

两个等式相减，得

$(-9 + 63)y = 1440 + 1260 = 2700$。

所以，毛笔的单价为

$y = 2700 \div 54 = 50$ 文。

将 $y = 50$ 代入第一个等式，得

$7x = 3 \times 50 + 480 = 630$。

因此，砚台的单价为

$x = 630 \div 7 = 90$ 文。

文史点滴 文房四宝

古人用毛笔写字，笔、墨、纸、砚是书写的四种必需工具，它们合称"文房四宝"。写字在古代是"文人雅士"的事情，所以他们就给这些书写工具起各种"雅致"的别名，例如，本题中的"毛锥"是笔的别称，而"端溪"则是"砚"的雅号。

毛笔的雅称很多，它们或者紧扣其用"毛"与用"管"的特点，或者强调其"书写"的功用，除了前面提到的"毛锥"之外，以"管城子"和"中书君"最为著名。墨、纸、砚的别称同样丰富多彩，其中有些别称源于它们的原料，例如，由于楮树皮是生产上品纸张的原料，所以纸就拥有"楮先生"、"楮知白"等拟人化雅称；而由于松木烧制的"松烟"是制作墨块的上等原料，墨也就被称作"青松子"或"松滋侯"。

098
西江月·钗钏分两

七钏九钗成器，钗子分两重多，九两四钱是相和，仔细与公说过。

二物相交一只，称之适等无那，不能算得是喽啰，二人却来问我。

题意解释

将 7 只钏放成一堆，9 支钗放成另一堆，则两堆的重量之和等于 9 两 4 钱。如果将 1 只钏和 1 支钗交换位置，则两堆的重量相等。请问 1 只钏的重量和 1 支钗的重量分别是多少？

古人解法

根据已知条件，6 只钏和 1 支钗的重量之和等于与 1 只钏和 8 支钗的重量之和相等，都等于 9 两 4 钱的一半，即 94÷2 = 47 钱。因此，我们可以列出如下式子：

6 钏	1 钗	重 47 钱
1 钏	8 钗	重 47 钱

将下行中数 8 钗和右数 47 钱分别乘以上行左数 6 钏，将上行中数 1 钗和右数 47 钱分别乘以下行左数 1 钏，并将得数写入上式，则我们得到

6 钏	1 钗	得 1 钗	重 47 钱	得 47 钱
1 钏	8 钗	得 48 钗	重 47 钱	得 282 钱

中得数相减，得 48 - 1 = 47；右得数相减，得 282 - 47 = 235。两数相除，得到 1 支钗的重量为 235÷47 = 5 钱。根据第一式，6 只钏的重量等于 47 钱减去 1 支钗的重量 5 钱，即 47 - 5 = 42 钱，因而 1

只钏的重量为 42 ÷ 6 = 7 钱。

现代解法

我们可以用与古人相同的等式来解决问题，但这里我们更愿意换个做法。

根据已知条件，6 只钏和 1 支钗的重量之和等于 1 只钏和 8 支钗的重量之和。各扣去 1 支钗和 1 只钏，则 5 只钏的重量与 7 支钗的重量相等。因此，假设 1 只钏的重量为 x 钱，1 支钗的重量为 y 钱，则

$7x + 9y = 94$，

$5x - 7y = 0$。

第一个等式两边同时乘以 5，第二个等式两边同时乘以 7，则得

$(7 \times 5)x + (9 \times 5)y = 94 \times 5$，

$(5 \times 7)x - (7 \times 7)y = 0$。

两式相减，我们得到：

$(9 \times 5 + 7 \times 7)y = 94 \times 5$，

即

$94y = 94 \times 5$。

所以，1 支钗的重量为 $y = 5$ 钱。代入第二个等式，即得 1 只钏的重量为 $x = 7 \times 5 \div 5 = 7$ 钱。

文史点滴 公·婆

"公""婆"二字最初的意思大概只是成年的男、女。古人寿命不长，成年同时意味着"老"，所以它们就都含有"老"的意味。与这种蕴义紧密相关地，"公"和"婆"后来分别被用来称呼丈夫的父亲和母亲，再演变成现代汉语中的"公公"和"婆婆"。广东话将夫妻称为"两公婆"，但夫妻分开称呼时，又分别称为"老公"和"老婆"。既然"公""婆"的蕴义已经从"成年"过渡到"年长"，为什么广东人还用作夫妻的称谓？夫妻本身也只是意味着"成年"，为什么双音化的时候又加上一个"老"字？这是很有趣、也很有意义的语言学话题。

099
西江月·二人沽酒

甲乙二人沽酒，不知谁少谁多，乙钞少半甲相和，二百无零堪可。

乙得甲钞中半，亦然二百无那，英贤算得的无讹，将甚法儿方可？

题意解释

甲、乙二人各有钱若干，已知甲的钱与乙的钱的 1/3 相加的总数是 200 文，乙的钱与甲的钱的 1/2 相加的总数也是 200 文。请问这两个人分别有多少钱？

古人解法

将甲的钱分为 2 份，乙的钱分为 3 份，则可以列式如下：

  甲 2 份　　　　乙 1 份　　　　200 文
  甲 1 份　　　　乙 3 份　　　　200 文

将第二行加倍，得

  甲 2 份　　　　乙 6 份　　　　400 文

与第一行相减，我们得到

      乙 5 份　　　　200 文

因此，乙 1 份为 200 ÷ 5 = 40 文。由于乙的钱被分为 3 份，所以他的钱的总数为 40 × 3 = 120 文。根据第一个条件，甲的钱数为 200 文减去乙钱中的 1 份，所以甲的钱数为 200 − 40 = 160 文。

现代解法

我们沿用古人的思想，假设甲的钱数为 $2x$ 文，乙的钱数为 $3y$

文。于是，我们将列出与古人一样的方程，具体求解过程与古人完全一样，在此略去。

文史点滴 相和·斗

本书第11题和第22题都是《西江月》，它们的开头两句分别是："白面称来四斤，使油一斤相和"，以及"净拣棉花弹细，相和共雇王孺"。这两处都出现"相和"二字，但它们的意思并不相同：第一处的"和"字读"huo"，"相和"是"一起搅拌"的意思；第二处的"和"字读"he"，"相和"就是"一起""共同"的意思。不过，"和"字的这两种字义都与"共同""一起"的意思紧密相关。事实上，"和"的本义为声音之间的和谐，然后才引申出和谐、和平相处的意思。

古话说"同声相应，同气相求"，因此从其本义出发，"和"字很早就出现"回应"的意思。但与"唱和"一词所表示的一样，"和"是一种"趋同"的回应。

本书第95题说"几多男女斗来争"，第102题说"蒙童斗放风筝"，两处都出现"斗"字。有趣的是，这里的"斗"字也是"一起""共同"的意思，"斗来争"是"都来争夺"，而"斗放风筝"就是"一起放风筝"的意思。

然而，虽然"斗"与"和"都有"一起""共同"的意思，但含义却有明显的不同。简单地说，"和"是和平相处地"在一起"，而"斗"则含有相互竞争或争斗的意思。事实上，这个"斗"字本来写作"鬥"，在甲骨文中就是一幅两人徒手搏斗的图画（如右图）。不过，语言是不断发展变化的，"和"在闽南话中早就具有"回击"的意思，而"斗"的竞争意味则常常变得非常模糊。例如，出自北宋的"斗缝"一词，只是"拼接""合缝"的意思，其"斗"字已经看不出竞争的意味。

100
西江月·索长几许

田中有一枯柱，丈六全没枝梢，尖头一马系难牢，吃尽田中禾稻。

四分五厘田地，团团吃一周遭，索长几许算偿招，不算难赔多少。

题意解释

1匹马的缰绳被系在田地里1根高为16尺的柱子的顶端，马吃掉了以柱子的位置为圆心，面积为0.45亩的圆形区域里的禾苗。请问马的缰绳的长度是多少？

古人解法

1亩等于240平方步，所以0.45亩为 $0.45 \times 240 = 108$ 平方步。取圆周率约等于3，则圆面积等于3乘以半径的平方，马所吃禾苗区域半径的平方等于 $108 \div 3 = 36$ 平方步。开平方，得到半径等于6步。1步等于5尺，所以这个半径等于30尺。由于马的缰绳系在高为16尺的柱子的顶端，因此缰绳是勾为16尺、股为30尺的直角三角形的斜边。根据勾股定理，缰绳长度的平方等于 $16^2 + 30^2 = 1156$ 平方尺。于是，缰绳的长度等于1156的开平方。

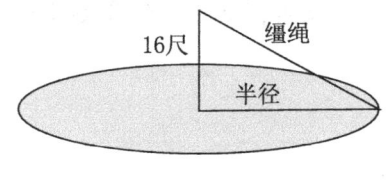

1156百位以上的数字是11，它大于3的平方9，但小于4的平方16，因此其开平方的十位数是3。我们可以说，$1156 = (30 + x)^2 = 900 + x \times (60 + x)$。

1156减去900，余数为 $1156 - 900 = 256$。因此，$x \times (60 + x) =$

256。256 ÷ 60 ≈ 4.27，所以我们估计 $x = 4$，代入等式，发现这个估计是正确的。因此，所求缰绳的长度就是 30 + 4 = 34 尺。

现代解法

现代的求解方法与古人的做法没有本质上的区别，只是我们可能采用比较精确的圆周率近似值。沿袭古人的分析，则圆的半径为 $\sqrt{108/\pi}$ 步，即 $5\sqrt{108/\pi}$ 尺，而缰绳长度则为

$$\sqrt{16^2 + \left(5\sqrt{108/\pi}\right)^2} = \sqrt{256 + 2700/\pi} \text{ 尺}。$$

如果取 $\pi \approx 3.14$，则所求缰绳长度约为

$$\sqrt{256 + 2700/3.14} \approx 33.4 \text{ 尺}。$$

文史点滴　禾

唐代诗人李绅写过著名的《悯农二首》，其第二首诗是："锄禾日当午，汗滴禾下土。谁知盘中餐，粒粒皆辛苦。"这首诗大家都耳熟能详，但是其中的"禾"是什么作物，这恐怕大家就不太确定了。

"禾"在甲骨文中的写法如左图所示，是一株禾本科植物的形象。我国先秦时期疆域的主体部分在黄河流域，主要粮食作物是小米，因此"禾"字在当时通常指的就是小米这种农作物的植株。

我国南方的主要粮食作物是水稻，而南方的稻作区在唐朝中期之后成为全国主要的粮食供应地，因此从唐朝后期开始，"禾"在南方通常就指水稻的禾苗。不过，李绅虽然是唐朝后期人，其主要活动区域也是稻作地区，但水稻中杂草的去除通常靠拔而不靠锄。所以，李绅诗中"禾"究竟是不是稻禾，还是一个需要探讨的问题。

101
长葛绕木歌

二丈木长三尺围,葛生其下绕缠之。
徐徐缭绕七周遍,葛梢却与木梢齐。
试问先生能算者,葛长多少请君题。

题意解释

大树的高度为 20 尺,其横截面是周长等于 3 尺的圆。一条葛藤从根部开始缠绕大树,到顶部恰好缠绕 7 圈。请问这条葛藤的长度是多少?

古人解法

大树截面周长为 3 尺,7 圈的总长为 7 × 3 = 21 尺。以大树的高 20 尺为勾、21 尺为股,则葛藤的长度就是相应直角三角形斜边的长度。21 的平方等于 441,20 的平方等于 400,两数相加,得数为 441 + 400 = 841。因此,葛藤的长度等于 841 的开平方。用开平方算法,求得葛藤的长度等于 29 尺,即 2 丈 9 尺。

现代解法

现代解法与古人的解法相同,我们在这里只是多做一点解释。根据已知条件,大树的表面是圆柱面,它可以在平面上展开。葛藤总共绕大树 7 周,因而每周爬升的高度为大树高度的 1/7。因此,当我们把大树的表面在平面上展开时,绕树一周的葛藤被摊开成一条直线段,它是以大树截面的周长和大树高度的 1/7 为直角边的直角三角形的斜边。将这个直角三角形放大 7 倍,则放大后直角三角形以大树截面周长的 7 倍及大树的高为直角边,而其斜边则恰好就是葛藤的长度。

文史点滴　民国的度量衡

我们在前面已经看到，我国古代的度量衡随朝代不断变化。而事实上，在同一个朝代，度量衡经常也不统一，通常存在官方与民间不同，各行业也相互不同的现象。在清朝末年，仅"尺"就有官尺、裁衣尺、营造尺等多种不同的尺度。因此，中华民国成立之后，统一度量衡的立法就被民国政府提上了议事日程。

1914年，袁世凯政府颁布《权度法》，规定清末官方度量衡制度为民间的统一标准，同时规定以公制为对外经济交流中使用的度量衡标准。然而，这种制度规定的1尺等于32厘米，与公制之间的换算仍然复杂。不仅如此，由于此后的民国很快陷入军阀混战的状态，而民间原有的度量器具又不可能很快淘汰，因此袁世凯政府的《权度法》并没有为我国的度量衡带来实质性的改变。

北伐胜利之后，蒋介石政府再次考虑度量衡的标准化问题，并且在1929年颁布了《度量衡法》。这部法令规定以公制为主，市制为辅，公制与市制并用。以公制的"米"为长度标准，以1米为标准尺，称为"公尺"；容量以1000毫升为标准升，称为"公升"；重量以1000克为标准斤，称为"公斤"。市制采用方便换算的数值：以1公尺的1/3为1"市尺"（简称"尺"），以1公升为1"市升"（简称"升"），以1公斤的1/2为1"市斤"（简称"斤"）。此外，为适应民间习惯，《度量衡法》还规定1市斤为16"市两"（简称"两"）。

此后至中华人民共和国成立后的数十年中，上述制度在全国逐渐得到普及，但新中国的市制采用十进制，规定1市斤等于10两。改革开放之后，为了进一步与国际接轨，我国制定了逐步淘汰市制的方针，因此目前的市场上通常将1市斤称为500克。

102
西江月·放风筝

三月清明节气，蒙童斗放风筝，托量九十五尺绳，被风刮起空中。

量得上下相应，七十六尺无零，纵横甚法问先生，算之多少为平？

题意解释

小孩在清明时放风筝玩耍，已知风筝线的长度是 95 尺，风筝与儿童的垂直距离是 76 尺，请问风筝与儿童的水平距离是多少尺？

古人解法

儿童与风筝的垂直距离、水平距离、风筝线构成一个直角三角形（注：空中的风筝线事实上不是直线，其形状近似于所谓的"悬链线"）。风筝线是直角三角形的斜边，因此这是一个直角三角形已知斜边和一个直角边，求另一个直角边的问题。于是，我们先计算 95 的平方，得 $95^2 = 9025$；再计算 76 的平方，得 $76^2 = 5776$。两数相减，得数为 $9025 - 5776 = 3249$。用传统的开平方计算法，得到 3249 的开平方（即风筝与儿童的水平距离）为 57 尺。

现代解法

现代的解法与古人的解法没有差别，我们来看看手工计算 $\sqrt{3249}$ 的传统方法：

取 3249 的千位和百位，我们得到 32，它开平方只能得到 5。所以我们可以说，3249 的开平方等于 $50 + x$，即 $3249 = (50 + x)^2 = 2500 + x \times (100 + x)$。

由 3249 − 2500 = 749，我们得到，$x \times (100 + x) = 749$。由于 749 ÷ 100 = 7.49，所以我们估计 $x = 7$。将 $x = 7$ 代入上式，我们发现 $7 \times (100 + 7)$ 恰好等于 749。因此，3249 的开平方恰好等于 57。

文史点滴　清明·寒食

我们知道，"清明"是二十四节气之一。我国幅员辽阔，淮河以北在清明时节通常还春寒料峭，但淮河以南则已经是春暖花开。然而，无论南北，清明都代表着春天的真正到来，因而是民众春游，或者说外出踏青的大好时节。而本题所说儿童在清明时节放风筝，正是我国古代极为常见的场景。

在古代，清明之前两天是"寒食节"，古人在这一天禁止用火，只吃冷的食物。传说中，寒食节源于一个春秋时代的故事：晋国公子重耳因为国家内乱长期在外流亡，介子推是一直陪同他流亡的心腹重臣之一。后来，公子重耳回国即位，成为"春秋五霸"之一的晋文公。即位之后，晋文公请隐居绵山的介子推下山做官，但介子推却坚决不肯出山。于是，晋文公放火烧山，希望用山火将介子推逼下山来。没有想到的是，这一招没有能够将介子推逼下山，却将他烧死在山中。晋文公极为后悔，下令每年在介子推被烧死的那天不准用火。从此，那一天成为介子推的纪念日，并演变成为后来的"寒食节"。

寒食节距冬至 105 日，又与清明相伴，因此也是典型的春季的节日。由于二十四番花信开始于小寒之后，代表的是春天到来的脚步，因而寒食和清明都与二十四番花信存在紧密的关联。宋诗中的"清明烟火尚阑珊，花信风来第几番"，以及"一百五日寒食雨，二十四番花信风"，都是这种关联的体现。

103
深水钓鱼歌

池河八分下钓钩，鱼吞水底是根由。
钓绳五十岸齐并，使尽机关无法睢。
纵横源流虽辨认，水深几尺数难求。

题意解释

圆形池塘占地 0.8 亩，鱼在圆心处的水下吞下钓钩。已知从岸边算起的钓绳长度为 50 尺，请问鱼吞钓钩之处的水深是多少尺？

古人解法

1 亩等于 240 平方步，因此池塘的面积为 0.8 × 240 = 192 平方步。取圆周率约等于 3，则圆面积等于 3 乘以半径的平方，池塘半径的平方等于 192 ÷ 3 = 64 平方步。开平方，得池塘半径为 8 步。1 步等于 5 尺，所以池塘的半径等于 8 × 5 = 40 尺。

池塘半径 40 尺、所求水深、50 尺钓绳一起构成一个直角三角形。这个直角三角形的斜边为钓绳 50 尺，一条直角边为池塘半径 40 尺。根据勾股定理，我们先计算 50 的平方，得 $50^2 = 2500$；再计算 40 的平方，得 $40^2 = 1600$。两数相减，得数为 2500 − 1600 = 900。将得数开平方，即得所求水深为 30 尺。

现代解法

现代的解题思路与古人一样，但我们会采用比较精确的圆周率近似值。根据上述分析，圆的半径为 $\sqrt{192/\pi}$ 步，即 $5\sqrt{192/\pi}$ 尺，水深为

$$\sqrt{50^2 - \left(5\sqrt{192/\pi}\right)^2} = \sqrt{2500 - 4800/\pi} \text{ 尺}。$$

如果取 $\pi \approx 3.14$，则所求水深约为 $\sqrt{2500 - 4800/3.14} \approx 31.17$ 尺。

文史点滴　姜太公

"姜太公钓鱼，愿者上钩"，这是大家都听说过的俗话，它的背后是一个很有意思的传说故事：有一天，周文王出行中经过渭水，看到水边有一位老人在钓鱼。这位老人所用的鱼钩直而不弯，并且没有没入水中，而是悬在离水三尺的水面之上。周文王觉得很奇怪，于是停下来与他攀谈。结果，周文王发现这位老人是他前所未见的栋梁之材！因此，周文王将他招入麾下，拜为"太师"。由于姓"姜"而年老，这位直钩垂钓的老者在周朝被尊称为"（姜）太公"。

当然，历史并不如此富有戏剧性，"直钩垂钓"的故事只是后人的传说。不过，姜太公确实史有其人，他姓姜，属"吕"氏，通常认为他名"望"，字"子牙"，但也有些人认为他的名字是"尚"。根据历史记载，姜太公是我国历史上最重要的人物之一，在周文王去世之后，他成为周文王之子周武王的首席谋士兼军事统帅，为周朝攻灭商朝立下了汗马功劳。

值得一提的是，战国之前，男性称氏而不称姓，所以这位杰出的历史人物通常被称为"吕望""吕尚"或"太公望"。秦统一全国之后，男子普遍称姓，而称字不称名是一种传统的表示尊敬的称谓方式。所以从汉代开始，有些传统文献把"吕尚"称为"姜尚"，而通俗文学作品则经常将他称为"姜子牙"。

104

西江月·坡田筑墙

今有坡田一段，西高东下曾量，十步五寸是斜长，南北均阔六丈。

欲要修为平壤，东增一丈新墙，不知凡许请推详，须要算皆停当。

题意解释

有一块长方形坡地，东西向斜坡的长度为10步零5寸，南北水平边的长度为60尺，东边比西边低10尺。现在要在东端低处垒起10尺土墙，然后将地填平，请问填平后的水平长方形的宽度和面积分别是多少？

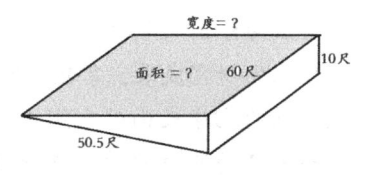

古人解法

1步等于5尺，所以斜坡长度为 $10 \times 5 + 0.5 = 50.5$ 尺。如图所示，东边所低的10尺、水平长方形的宽度以及斜坡长度是一个直角三角形的三边长度，斜坡是这个直角三角形的斜边。据勾股定理，水平长方形宽度的平方等于斜坡长度的平方减去10的平方，即 $50.5^2 - 10^2 = 2450.25$。开平方，得到水平长方形的宽度为49.5尺。

长方形的面积等于长乘以宽，所以坡地填平后的水平长方形面积为 $49.5 \times 60 = 2970$ 平方尺。1步等于5尺，因而1平方步等于25平方尺，2970平方尺等于 $2970 \div 25 = 118.8$ 平方步。1亩等于240平方步，所以118.8平方步折合 $118.8 \div 240 = 0.495$ 亩，即4分9厘5毫。

现代解法

现代解法与古人解法相同。

文史点滴 / 公制起源

除了美国、英国等极少数国家，在当今世界将近 200 个国家中，绝大多数都使用相同的度量衡制度，即通常所说的"公制"。很显然，公制的普及消除了不同度量衡单位之间的换算，为各国之间的交流与贸易提供了极大的便利。

古代的情形却曾经相当复杂。古代的欧洲，国家林立，各国的度量衡各不相同，商品贸易无法避免烦琐的换算，这对于具有"重商"传统的欧洲社会是非常不方便的现实。有鉴于此，法国里昂圣保罗大教堂的主教在 1670 年提出了公制的设想。120 余年之后，拿破仑成为法国的领导人，开始在法国强行推行公制。根据法国科学家团队的研究成果，拿破仑颁布的法令规定，以经过北极点、巴黎、南极点的地球表面的大圆为基准，以其长度的 1/40000 为 1 "米"，作为长度的基准单位。在此基础上，用十进制规定其他长度单位，例如，1/10 米称为 1 "分米"，1/100 米称为 1 "厘米"。

确定长度单位之后，规定 1 立方分米为 1 "升"，为容积和体积的基准单位，并采用十进制确定"分升""毫升"等其他容积和体积单位。最后，规定特定温度下 1 毫升水的重量为 1 "克"，然后由此确定出其他重量单位。

到 19 世纪后期，公制已经为大多数欧洲国家所接受。现代公制不仅涵盖度量衡，它还为时间与温度的度量制定了严密而科学的标准。

105

勾股求径歌

八尺为股六尺勾，内容圆径怎生求？
有人识得如斯妙，算举方为第一筹。

题意解释

直角三角形的两条直角边分别为 6 尺和 8 尺，问其内切圆的直径等于多少尺？

古人解法

以两条直角边的长度 6 和 8 相乘，得 48；加倍，得 96。以这个得数为被除数。

以 6 的平方加上 8 的平方，得 $6^2 + 8^2 = 36 + 64 = 100$。开平方得 10，因此直角三角形斜边的长度为 10 尺。将直角三角形三边的长度相加，得 $6 + 8 + 10 = 24$。以这个得数为除数。

上述两个得数相除，得三角形内切圆的直径为 $96 ÷ 24 = 4$ 尺。

现代解法

本题的解法很多，在这里不多做介绍，我们来说明一下古人解法的正确性。如图，从三角形内切圆的圆心向三角形的三个顶点引连线，我们就将原三角形分割成三个小的三角形。这种分割方法的特别之处是：三个小三角形的底边分别是原三角形的三条边，而它们的高度则都等于原三角形内切圆的半径。由于原三角形的面积等于这三个小三角形的面积之和，因此三角形三边长度之和与内切圆半径的乘积等于三角形面积的两倍。

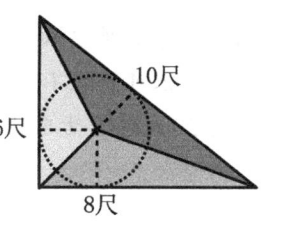

因为本题的原三角形是直角三角形，所以其面积的两倍等于两条直角边的乘积。因此，两条直角边乘积乘以 2，然后除以三边长度之和，其结果就是内切圆半径的两倍，也就是内切圆的直径。

文史点滴 勾股定理

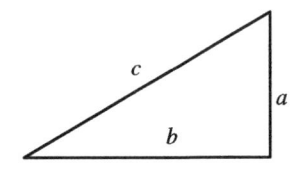

本书多个算题都应用了著名的"勾股定理"：直角三角形两条直角边长度的平方和等于斜边长度的平方。如果用 a、b、c 分别记作三角形的三条边，则勾股定理可以叙述为：若 a、b 是直角三角形的两条直角边，c 是直角三角形的斜边，则等式 $a^2 + b^2 = c^2$ 成立。反之，如果一个三角形的三条边满足等式 $a^2 + b^2 = c^2$，则该三角形为直角三角形，且 c 为该直角三角形的斜边。

勾股定理有很多不同的证明方法，我国古代流行的证明思路是几何图形的"割补"，其中一种如右图所示：分割图中水平放置的两个小正方形，将 A、B、C 分别移至 A'、B'、C' 处，恰好凑成斜向放置的大正方形。因此，两个小正方形面积之和，恰好就是大正方形面积。由于这三个正方形的边分别是图中右侧的直角三角形的三条边，因而这个面积关系就是勾股定理的证明。

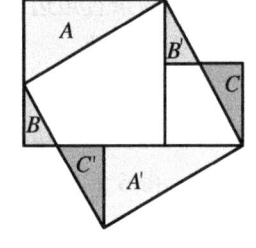

勾股定理在西方传统中称为"毕达哥拉斯定理"，是古希腊著名的毕达哥拉斯学派引以为傲的数学成果之一。然而，最早发现这个定理的很可能既不是古中国人，也不是古希腊人。因为，大约在公元前 2000 年，古巴比伦人就已经在泥板上记录了很多组满足勾股定理的整数。

106 勾股容方歌

六尺为勾九尺股，内容方面如何取？
有人达得这玄机，便是高明算中举。

题意解释

直角三角形的两条直角边分别为6尺和9尺，以直角三角形的直角为一个直角，画出一个顶点位于直角三角形斜边上的正方形，请问这个正方形的边长等于多少尺？

古人解法

将两条直角边的长度6和9相乘，得 $6 \times 9 = 54$；再将两条直角边的长度6和9相加，得 $6 + 9 = 15$。将54除以15，得 $54 \div 15 = 3.6$，所求正方形的边长就等于3.6尺。

我们来解释一下这个解法的道理：如图，原直角三角形为ABC，所讨论的正方形为EDBF。我们以AB为边，在ABC外接出正方形ABKH，并且延长CA和KH，使它们相交于G。很明显，直角三角形ABC与直角三角形GKC相似，所以FE与BC的比值等于HA与KC的比值，即：

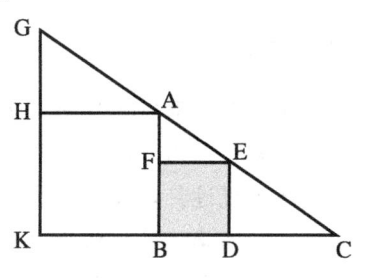

FE：BC = HA：KC，

因此，

$$FE = \frac{HA \times BC}{KC}。$$

HA是正方形ABKH的边长，所以它等于AB；KC是BC加上正

211

方形 ABKH 的边长，所以它等于 AB+BC。这就是说，
$$FE = \frac{AB \times BC}{AB + BC},$$
即原直角三角形的勾股之积除以勾股之和。

现代解法

现代人的解法通常是这样的：如图，直角三角形 AFE 与直角三角形 ABC 相似，其对应边的比值相同，所以

FE：BC＝AF：AB。

将所求正方形边长记为 x，则 AF＝AB－x，因此，
$$\frac{x}{BC} = \frac{AB - x}{AB}。$$

这就是说，

AB × x ＝ BC × (AB － x)，

因此，

$$x = \frac{AB \times BC}{AB + BC} = \frac{6 \times 9}{6 + 9} = 3.6。$$

文史点滴　毕达哥拉斯·无理数

毕达哥拉斯学派信奉"万物皆数"的哲学思想，他们认为，宇宙万物都可以用分数来刻画。

我们说过，勾股定理是毕达哥拉斯学派引以为傲的定理，然而毕达哥拉斯的学生希帕索斯发现：边长等于 1 的正方形的对角线的长度不可能是一个分数！这个事实很不幸地动摇了毕达哥拉斯学派的哲学根基。

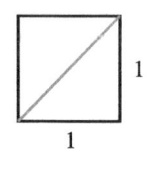

不能表示成分数的数后来被称为"无理数"，希帕索斯发现的这个数是第一个被证实的无理数，它现在被记成 $\sqrt{2}$。

107

西江月·秋千

平地秋千未起，扳绳离地一尺，送行二步恰竿齐，五尺板高离地。

仕女佳人争蹴，终朝笑语欢戏，良工高士请言知，借问索长有几？

题意解释

秋千静止时离地 1 尺，推出 2 步（即 10 尺）后离地 5 尺，问秋千的绳长是多少尺？

古人解法

秋千静止时离地 1 尺，推出 10 尺后离地 5 尺，因此推出 10 尺后秋千升高了 4 尺。以推出的 10 尺为勾，秋千的绳长为弦，则直角三角形的股等于秋千的绳长减去 4 尺。也就是说，直角三角形勾的长度等于 10 尺，弦与股的差等于 4 尺。

将勾 10 尺平方，得数为 100；除以弦与股的差，得数为 100 ÷ 4 = 25 尺；加上弦与股的差，得数为 25 + 4 = 29 尺。将这个得数折半，得到秋千的绳长为 29 ÷ 2 = 14.5 尺。

现代解法

通常的现代解法与古人解法相同，所以我们来解释一下古人的解法。如图，假设秋千的绳长为 x 尺，则 OB 等于 x，OA 等于 $x-4$，OAB 为直角三角形。由于 AB 等于 10，根据勾股定理，我们得到

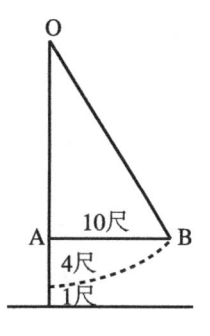

$$10^2 + (x-4)^2 = x^2,$$

即

$$10^2 + x^2 - (2 \times 4)x + 4^2 = x^2。$$

因此，

$$(2 \times 4)x = 10^2 + 4^2,$$
$$2x = (10^2 + 4^2) \div 4 = 10^2 \div 4 + 4。$$

这就是古人算法的依据。

文史点滴 仕女

大多数中国人都知道"学而优则仕"这句古话，它出自"四书"之一的《论语》，是孔子的学生子夏所说的一句话。在这句话中，"仕"的意思是"做官"，这也是"仕"字的主要字义。

"仕女"是一个古代常用词，意思是官宦家庭中的女子。在古代绘画中，以仕女为主要对象的绘画作品称为"仕女图"。它是古代绘画的一个重要门类，传世作品中以唐朝周昉的《簪花仕女图》最为著名。

宋代以后，仕女不仅受到封建礼教的束缚，而且还缠着小脚，因而她们的活动范围极为有限，在自家庭院内荡秋千就成为她们重要的娱乐活动，也自然而然地成为仕女图的重要题材。明朝绘画大师仇英与稍早的沈周、文徵明、唐寅合称"明四家"，他擅长仕女画，其《四季仕女图》中就有仕女荡秋千的场景。

108

西江月·蒲长水深

今有方池一所，每边丈二无移，中心蒲长一根肥，出水过于二尺。

斜引蒲梢至岸，适然与岸方齐，请君明算更能推，蒲长、水深各几？

题意解释

方形水池的边长为12尺，水池中心竖直地长出一株蒲草，其末梢高出水面2尺。当把蒲草沿与水池一边平行的方向拉到池边时，它的末梢恰好与水面高度持平。请问水池的深度和蒲草的长度分别是多少？

古人解法

根据已知条件，蒲草、水池边长的一半、水深构成一个直角三角形（如图）。其中，蒲草就是这个直角三角形的斜边，而蒲草长度减去2尺等于池水的深度。于是，将方形水池的边长折半，得 $12 \div 2 = 6$ 尺；平方，得数为 $6^2 = 36$。蒲草长度与水池深度的差为2尺，平方，得数为 $2^2 = 4$。两得数相减，得 $36 - 4 = 32$，将这个数除以蒲草长度与水池深度差的两倍，就得到水池的深度为 $32 \div (2 \times 2) = 8$ 尺。再加上2尺，就得到蒲草的长度为 $8 + 2 = 10$ 尺（即1丈）。

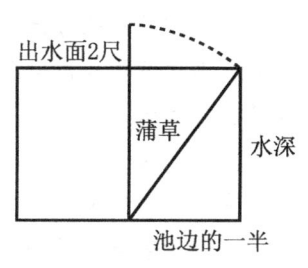

现代解法

现代解法与古人解法相同，我们在这里解释一下这种解法。假设水池深度为 x 尺，则蒲草长度等于 $x+2$ 尺，水池边长的一半等于 6 尺。由于三者构成一个以蒲草为斜边的直角三角形，根据勾股定理，我们就得到

$$6^2 + x^2 = (x+2)^2,$$

即

$$6^2 + x^2 = x^2 + (2 \times 2)x + 2^2,$$

因此，

$$(2 \times 2)x = 6^2 - 2^2,$$
$$x = (6^2 - 2^2) \div (2 \times 2)。$$

文史点滴　蒲

蒲是一种多年生的水生草本植物，通常可以长到大约两米高。蒲草长而柔韧，是一种优质的传统编织材料，古人睡觉所用的草席中，很多就是用蒲草编成的。此外，蒲草编成的圆而扁平的坐垫称为"蒲团"，传统中是修行者坐禅及跪拜时必不可少的垫子。可以说，蒲草不仅与民生密切相关，对于宗教界也是一种重要物资。

依照它的物理特性，蒲草在我国传统文化中被赋予特殊的喻义。例如，由于蒲草和柳树在秋天就开始凋零，"蒲柳之姿"就成为形容体质弱的成语。东汉的刘宽用蒲草制作体罚所用的鞭子，这种鞭子打人不疼，因而"蒲鞭"就被用来表示刑罚宽仁的意思。

需要指出的是，蒲席和蒲团是用蒲草编织的，但蒲扇与蒲草则没有关系。蒲扇又称"芭蕉扇"，其制作材料是名为"蒲葵"的棕榈科植物。

109
西江月·门广竿长

今有门厅一座,不知门广、高低,长竿横进使归室,争奈门狭四尺。

随即竖竿过去,亦长二尺无疑,两隅斜去恰方齐,请问三色各几?

题意解释

有人要把一根长竿拿进门,横拿长竿时,他发现长竿的长度比门的宽度长 4 尺;竖拿长竿时,他又发现长竿的高度比门的高度高 2 尺。于是,他把长竿斜着拿,此时长竿的长度恰好与门的对角线长度相等。请问长竿的长度以及门的宽度和高度分别是多少尺?

古人解法

根据已知条件,长竿与门的高和宽构成一个直角三角形,门的宽和高分别是这个直角三角形的勾和股,而长竿是这个直角三角形的弦。

考虑这个直角三角形。它的弦与勾的差为 4 尺,弦与股的差为 2 尺,两数相乘,得数为 $4 \times 2 = 8$。加倍,得 $8 \times 2 = 16$。开平方,得 $\sqrt{16} = 4$。这个得数等于勾与股的和减去弦。因此,它加上弦与股的差 2 尺,所得到的就是勾。这就是说,门的宽度等于 $4 + 2 = 6$ 尺。于是,根据已知条件,长竿的长度等于门的宽度加上 4 尺,即 $6 + 4 = 10$ 尺,也就是 1 丈;而门的高度为长竿的长度减去 2 尺,所以等于 $10 - 2 = 8$ 尺。

现代解法

我们用现代的方法来解释一下古人的算法。将直角三角形的勾、

股、弦依次分别记为 a、b、c。因此，弦与勾的差为 $c-a$，弦与股的差为 $c-b$，两数乘积的两倍为

$$2(c-a)(c-b) = 2c^2 - 2(a+b)c + 2ab。$$

根据勾股定理，$c^2 = a^2 + b^2$，因此上式的右边可以写成

$$c^2 + (a^2 + b^2) - 2(a+b)c + 2ab。$$

由于 $(a+b)^2 = a^2 + b^2 + 2ab$，所以上式又可以写成

$$c^2 - 2(a+b)c + (a+b)^2。$$

根据完全平方公式，这个式子就等于 $(a+b-c)^2$。于是，我们就得到：

$$2(c-a)(c-b) = (a+b-c)^2。$$

从上述推演可以发现，古人的做法就是先应用这个等式计算出 $(a+b-c)^2$，然后用开平方法得到 $a+b-c$。显然，得到 $a+b-c$ 之后，a、b、c 就都可以轻而易举地计算出来了。

需要说明的是，古人不会使用代数符号，他们用面积割补的方法来证明上述公式。这个证明颇具巧思，详情可参考康熙皇帝主编的《数理精蕴》下编卷 12。

文史点滴 八卦

我国古代有一种"一分为二"的哲学，它说"太极生二仪，二仪生四象，四象生八卦"，然后用八卦来解释宇宙万物。

有意思的是，有些古希腊哲学家认为"气"是崇高的源，万物在"憎"与"爱"的支配之下，分为"水、火、土、气"四种"元素"，这与我国"一分为二"的哲学颇为相似。更有意思的是，八卦可以分成四个"正卦"和四个"耦卦"，其中的四个正卦是"天、地、水、火"，与古希腊人的"四元素"恰好一致。此外，古印度哲学称"地、水、火、风"为"四大"，认为它们是组成物质的四大要素。可以说，将"水、火、土、气"视为世界的基础，是古希腊、古中国、古印度三种主要古代文明中都存在的思想。

对于植物而言，在大地之外，其生长的基础是阳光、空气和水，三种要素缺一不可。三种古代文明都总结出"水、火、土、气"这四大"元素"，这或许是古人对植物生长深入观察的必然结果。

附录 1
一元二次方程的求根公式

数学中所说的"一元二次方程",就是含有未知数的二次方(即平方)的方程。若未知数记为 x,则关于 x 的一元二次方程的一般形式为:

$$Ax^2 + Bx + C = 0,$$

其中,A、B、C 为已知常数,并且 $A \neq 0$。

满足上述一元二次方程的 x 值通常有两个,称为这个方程的"根"或"解"。若将这两个根记为 x_1 和 x_2,则有

$$x_1 = \frac{-B + \sqrt{B^2 - 4 \times A \times C}}{2 \times A},$$

$$x_2 = \frac{-B - \sqrt{B^2 - 4 \times A \times C}}{2 \times A}。$$

这就是一元二次方程的求根公式。

需要注意的是,对于上述方程,如果 $B^2 - 4 \times A \times C < 0$,那么,由于任何数的平方都不会小于零。$B^2 - 4 \times A \times C$ 不能开平方,因而我们不能用这个求根公式来求解方程,而事实上方程也没有解。

由于 $A \neq 0$,我们可以将方程 $Ax^2 + Bx + C = 0$ 的左右两边同时除以 A,得到

$$x^2 + \frac{B}{A}x + \frac{C}{A} = 0。$$

因此,我们可以采用新的记号,将上述一元二次方程记为

$$x^2 + bx + c = 0。$$

这个方程的 x^2 项的系数等于1,因此它的求根公式就变成:

$$x_1 = \frac{-b + \sqrt{b^2 - 4c}}{2},$$

$$x_2 = \frac{-b - \sqrt{b^2 - 4c}}{2}。$$

这是 4000 年前古巴比伦人就已经知道的公式。

最后我们举一个例子，我们来求方程 $x^2 + 4x = 357$ 的解：

方程可以改写成 $x^2 + 4x - 357 = 0$，因此根据求根公式，我们得到：

$$x_1 = \frac{-4 + \sqrt{4^2 - 4 \times (-357)}}{2} = \frac{-4 + \sqrt{1444}}{2}$$
$$= \frac{-4 + 38}{2} = 17,$$
$$x_2 = \frac{-4 - \sqrt{4^2 - 4 \times (-357)}}{2} = \frac{-4 - \sqrt{1444}}{2}$$
$$= \frac{-4 - 38}{2} = -21。$$

附录 2
带纵较开平方法

附录1给出了一元二次方程求解的普适性公式，应用这个公式，我们可以求出一元二次方程的解。不过，这个公式是从西方传入的，我国传统数学并没有这个公式。

我国传统数学中经常出现这样的问题：已知长方形的面积，并且知道长和宽之差等于某个定数，求这个长方形的长和宽。这类问题中的长与宽之差在我国古代数学中被称为"纵较"，因而这类问题就被称为"带纵较开平方问题"，而其求解方法就是所谓的"带纵较开平方法"。

如果将长方形的面积记为 S，将纵较记为 d，则带纵较开平方问题中的宽就是一元二次方程

$$x(x+d) = S$$

的正解。因此，带纵较开平方法事实上是一种求一元二次方程的正解的算法。

为解释这种算法的具体计算过程，我们举一个简单的例子：

例1　假设长方形的面积等于357平方尺，长比宽多4尺，求长方形的长与宽。

解：首先，将面积从右至左每两位数分为一个单元，则357被分为3，57。左起第一个单元是3，其开平方的整数值等于1（$1^2 = 1 < 3 < 2^2 = 4$）。因此，我们可以假定长方形宽度的左起第一个数是1（也就是10尺），即算法所得的"初商"等于10。宽的初商为10尺，则长为 10 + 4 = 14 尺，因而得到的长方形面积为 10 × 14 = 140 平方尺。

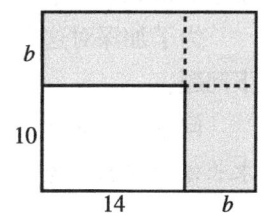

从面积357中减去140，得到217。这个剩余数值表示的是一个宽度相同的"曲尺形"平面图形的面积（如右图）。

我们将这个宽度记为 b。很明显，如果我们求出这个宽度，那么原长方形的宽就等于 $10+b$ 尺，因而问题也就得到了解决。

从图形可以看出，这个曲尺形可以分割成两个长方形和一个正方形，其面积等于

$$b \times (10 + 14 + b)。$$

也就是说，这个面积等于

$$b^2 + b \times (2 \times 初商 + 纵较)。$$

因此，为了求出 b，我们将曲尺形的面积 217 除以 ($2 \times$ 初商 + 纵较)，得 $217 \div (2 \times 10 + 4) \approx 9.04$。由于曲尺形的面积中还包括 b^2，我们判断 b 最多等于 8。因此，我们先按 $b=8$ 进行计算，得：

$$8 \times (2 \times 10 + 4 + 8) = 256。$$

由于所得数值大于曲尺形的面积 217，因此 $b=8$ 高估了 b 的数值。于是，我们按 $b=7$ 进行计算，得：

$$7 \times (2 \times 10 + 4 + 7) = 217，$$

其结果恰好等于曲尺形面积。这样，我们就得到了问题的解：长方形的宽为 $10+7=17$ 尺，长等于 $17+4=21$ 尺。

上述步骤得到的数值称为"次商"。以初商 + 次商为宽，初商 + 次商 + 纵较为长，我们就得到一个长方形。如果这个长方形仍然小于原长方形，那么，原长方形减去这个长方形之后，得到的是一个更细的曲尺形。此时，我们需要继续求这个更细的曲尺形的宽，也就是所谓的"三商"。如果求出三商之后，所得长方形仍然小于原长方形，那么我们就需要继续计算"四商"……这样一步一步地计算下去，我们就可以计算出长方形的宽。这个算法，就是我国传统数学中的带纵较开平方法。

为了加深对这个算法的理解，读者不妨尝试用这个算法求解如下问题：

问题 假设长方形的面积等于 182.71 平方尺，长比宽多 3 尺，求长方形的长与宽。

附录 3
古代度量衡简表[①]

朝代		年代 （公元）	单 位 量 值		
			1尺约合 厘米数	1升约合 毫升数	1斤约合 克数
秦		前221— 前207	23.1	200	253
西汉		前206—8	23.1	200	250
新		9—25	23.1	200	245
东汉		25—220	23.1	200	220
三国		220—265	24.2	200	220
晋		265—420	24.2	200	220
南北朝	前南朝	420—589	24.7	200	220
	前北朝		25.6（前期） 30（后期）	300（前期） 600（后期）	330（前期） 660（后期）
隋		581—618	29.5	600	660
唐		618—907	30.6	600	662—672
宋		960—1279	31.4	702	661
元		1271—1368	35	1003	610
明		1368—1644	32	1035	596.8
清		1644—1911	32	1035	596.8
民国		1912—1949	33.3	1000	500

① 本表据邱光明《中国科学技术史（度量衡卷）》制作。